我是人间自在客

叶楚桥 著

北京联合出版公司

图书在版编目（CIP）数据

我是人间自在客 / 叶楚桥著. -- 北京：北京联合出版公司, 2021.10（2022.1重印）
ISBN 978-7-5596-5382-6

Ⅰ.①我… Ⅱ.①叶… Ⅲ.①中国文学－古典文学研究－文集 Ⅳ.①I206.2-53

中国版本图书馆CIP数据核字(2021)第120467号

本书中文简体版由北京行距文化传媒有限公司授权北京时代华语国际传媒股份有限公司在中国大陆地区（不包括香港、澳门、台湾）独家出版、发行。

我是人间自在客

作　　者：叶楚桥
出　品　人：赵红仕
责任编辑：牛炜征
封面设计：柒拾叁号

北京联合出版公司出版
（北京市西城区德外大街83号楼9层　100088）
北京时代华语国际传媒股份有限公司发行
北京盛通印刷股份有限公司印刷　新华书店经销
字数170千字　880毫米×1230毫米　1/32　8.5印张
2021年10月第1版　2022年1月第5次印刷
ISBN 978-7-5596-5382-6
定价：48.00元

版权所有，侵权必究
未经许可，不得以任何方式复制或抄袭本书部分或全部内容
本书若有质量问题，请与本公司图书销售中心联系调换。电话：010-63783806

目录

曹植 /001
才高八斗又如何，洛水一曲赋悲歌

嵇康 /015
我还是从前那个少年，没有一丝丝改变

陶渊明 /029
所谓英雄，就是看清生活的真相之后，依然热爱生活

王绩 /047
喝酒一时爽，一直喝一直爽

贺知章 /057
以最硬核的实力，过最圆满的人生

孟浩然 /071
我得了一种病，叫选择困难症

李白 /081
如果读书有用，为什么我一事无成？

杜甫 /091
功名诚可贵,爱情价更高

李泌 /101
只做帝王友,不为天子臣

白居易 /111
世间最好的相遇,都是久别重逢

罗隐 /123
我很丑,我也不温柔

林逋 /135
我也想低调,可实力不允许啊

欧阳修 /145
为什么受伤的总是我

黄庭坚 /159
我七岁时,便用一双慧眼将世事看穿

宋濂 /173
　　开国文臣之首,皇室首席秘书

　　于谦 /187
　　　粉身碎骨浑不怕,要留清白在人间

　　　汤显祖 /203
　　　　讲真,这届皇帝是真不行!

　　　冯梦龙 /215
　　　　我只是通俗,并不庸俗

　　　蒲松龄 /229
　　　　出道半生,归来仍是平民

　　　纳兰性德 /245
　　　　我是人间惆怅客

　　袁枚 /257
　　　是真名士自风流

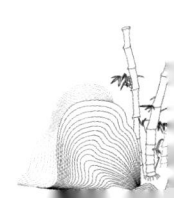

曹植

> 才高八斗又如何，
> 洛水一曲赋悲歌

一

东汉建安十七年（210），邺［yè］城，铜雀台竣工庆典。

现场彩旗招展，锣鼓喧天，盛况空前。

作为一个资深文艺大叔，曹操除了安排百官宴饮，组织将帅比武，还让身边文人轮番上阵，吟诗助兴。

曹家的几位公子，也都摩拳擦掌，跃跃欲试。

这么好的机会，谁不想赢取加分？

但是很遗憾，和往常一样，这次出尽风头的，依然是那个老三。

他提交的作品是《登台赋》，一经亮相，惊艳全场：

从明后而嬉游兮，登层台以娱情。

见太府之广开兮，观圣德之所营。

建高门之嵯峨兮，浮双阙乎太清。

立中天之华观兮，连飞阁乎西城。

临漳川之长流兮，望众果之滋荣。

仰春风之和穆兮，听百鸟之悲鸣。

上篇，寥寥数笔，写尽铜雀台的宏伟壮丽。

下篇，则极其自然地由写景状物，转为抒情与赞颂：

曹 植

> 天云恒其既立兮，家愿得而获呈。
> 扬仁化于宇内兮，尽肃恭于上京。
> 惟桓文之为盛兮，岂足方乎圣明。
> 　休矣美矣！惠泽远扬。
> 　翼佐我皇家兮，宁彼四方。
> 同天地之规量兮，齐日月之晖光。

尤其是末尾几句，一下子就写进了曹操的心坎里，堪称点睛之笔：

> 永贵尊而无极兮，等君寿于东王。
> 御龙旗以遨游兮，回鸾驾而周章。
> 恩化及乎四海兮，嘉物阜而民康。
> 愿斯台之永固兮，乐终古而未央。

尊贵如天神般的父亲大人，必将擎龙旗、驾鸾车，遨游天地，恩德惠及四海，天下太平，物阜民康。

思想健康，感情真挚，主题鲜明。这分明就是一篇"满分作文"。

而这位拔尖的"考生"便是曹家的三公子，大名鼎鼎的曹植。

二

曹植成名很早。十岁的时候，他便读完了《诗经》和《论语》，

以及数十万字的辞赋,出口成章,下笔成文,才气和名气,远非同龄人所及。

加之性格低调,生活朴素,一时倍受曹操器重。

整个青少年时期,他都跟随父亲一道,跃马扬鞭,南征北战:

> 臣昔从先武皇帝南极赤岸,东临沧海,西望玉门,北出玄塞,伏见所以行军用兵之势,可谓神妙矣。
>
> 故兵者不可预言,临难而制变者也。志欲自效于明时,立功于圣世。每览史籍,观古忠臣义士,出一朝之命,以殉国家之难,身虽屠裂,而功铭著于景钟,名称垂于竹帛,未尝不拊心而叹息也。
>
> ——《求自试表》

豪情万丈的《白马篇》,正是写于此时:

> 弃身锋刃端,性命安可怀?
> 父母且不顾,何言子与妻?
> 名编壮士籍,不得中顾私。
> 捐躯赴国难,视死忽如归。

行走在刀尖,哪里还有安危可言?

父母都无法照顾,何况妻子与儿女。

入了军籍,便没有私利。

若能为国解难，死亦无所惧！

这份视死如归的壮志雄心令人肃然起敬，也让年纪轻轻的曹植实力圈粉。

很快，他的身边便聚集了杨修、丁仪、丁廙［yì］等一大批青年才俊。

曹植的爵位，也是一路高歌猛进，先是封为平原侯，三年后，又改为更加显赫的临菑侯。

214年，曹操征讨孙权。

临行前，曹操把都城交给曹植，并告诉他："如今的你，正是我担任顿丘县令的年纪。想起当年所为，我至今备感欣慰。你可不要让我失望！"

语重心长、言短情长，这明显是在把曹植当成世子培养。

但可惜的是，曹植并没有把父亲的话放在心上。

三

217年，曹操继续南下，留守邺城的曹植，竟然借着酒意，强行要求公车令打开皇城的司马门，然后在中央大道上策马狂奔。

这可是大不敬的僭越之举。

曹操回来后，勃然大怒，立刻下令处死了公车令。此后，对于曹植，他再无半点信任。

曹操甚至怀疑，之前曹植能通过各种考察，全是靠善于揣测上意的谋士杨修，泄露机密，暗中相助所致。

于是,曹操便以"前后漏泄言教,交关诸侯"的罪名,杀死了杨修。

曹植日见失宠。

同年十月,曹操告示天下,立曹丕为世子。至此,曹植的政治生涯,已经无限接近于终结。

昔日的豪情万丈,终究抵不过现实的苍凉。曹植开始借酒浇愁。

两年后,镇守襄樊的曹仁受到关羽围攻,久战不退之后,只得向邺城求助。

曹操思考良久,决定再给曹植一次机会,便任他为南中郎将,让他火速赶往襄樊。临行前,还特意召见曹植,准备叮嘱一番。

令人大跌眼镜的是,曹植却喝得酩酊大醉,无法领命。

曹操简直气到吐血,连忙收回成命,改派于禁带领三万精兵,前去支援曹仁。

真是朽木不可雕也。

当然,此事还有另外一个版本。

听说曹植将要出征,曹丕为他饯行,然后故意在席间强行劝酒,灌得曹植人事不省。

这个说法,难辨真假。

襄樊之战,是汉末形势的重要转折点。

虽然不能强求曹植能有上帝视角,可以预判战争局面,但不管什么原因,大战在即,临危受命,他却贪杯好饮,误了大事,丢了前程,终是咎由自取。

从此,曹植便被彻底冷落,再无出头之日。

四

220年,曹操病逝,曹丕继位称帝,定都洛阳。

这场突如其来的变故,让曹植本就险恶的处境,雪上加霜。

但他似乎不太懂得保全之道。听说曹丕废汉自立,他竟穿上丧服,大声痛哭。

曹丕大为恼怒:"朕顺应天命,登上帝位。有人却哭哭啼啼,这是为何?朕,不配吗!"

当场便有人读懂了曹丕的弦外之音。

他们连夜呈上密奏,称曹植"醉酒悖慢",辱骂朝廷派往封地的监察官,是为大不敬,必须严厉追究,以儆效尤。

曹丕收到奏折后,频频点头。

但曹植毕竟身份特殊,不可轻举妄动,只能先从外围下手。

于是,曹丕便一纸诏书,将丁仪、丁廙二人收监,然后满门抄斩。手段何其毒辣。

明知连累了挚友,曹植却无力相救,只得将万般悲苦全都写进诗句:

高树多悲风,海水扬其波。
利剑不在掌,结友何须多?
不见篱间雀,见鹞自投罗?
罗家得雀喜,少年见雀悲。
拔剑捎罗网,黄雀得飞飞。

> 飞飞摩苍天，来下谢少年。
>
> ——《野田黄雀行》

患难之时，不能倾力相助。这样的朋友，再多又有何用？

那篱笆上的黄雀，刚躲过鹞鹰，又坠入罗网。

真希望能有一把利剑，挑破罗网，救出飞鸟。

然而，现实中的曹植，自保尚且无力，又何谈救助他人？

好在太后护子心切，曹植终于躲过一劫，仅仅被贬为安乡侯，同年又改为鄄［juàn］城侯。

贬职的诏书，倒是写得挺讲究：

> 植，朕之同母弟。朕于天下无所不容，而况植乎？骨肉之亲，舍而不诛，其改封植。

曹植与我，一母同胞。朕能容整个天下，何况一个曹植？论罪当斩，但念及手足之情，免去死罪，改封他处。

处理完曹植，曹丕又将目光转向了后宫。

为防太后再次干政，他专门写下一道《禁母后预政诏》，称"妇人与政，乱之本也"，从今往后，文武官员，不得私下拜见太后，更不能向后宫禀告政事，"若有背违，天下共诛"。

果然，论起执政的手腕，曹植和曹丕确实不在一个档次。

五

222年，曹植升为鄄城王，食邑也从当初的八百户，增加至两千五百户。

爵位再度加升，曹植却无半点高兴。他仍然希望能够再度被起用，建功立业，辅主惠民。

但现实告诉他，这几乎没有任何可能。

从京师返回鄄城，曹植路经洛水，有感于楚王与巫山神女的传说，即兴写下一篇赋作：

> 黄初三年，余朝京师，还济洛川。古人有言，斯水之神，名曰宓妃。感宋玉对楚王神女之事，遂作斯赋。其词曰：
>
> 余从京域，言归东藩。背伊阙，越轘辕，经通谷，陵景山。日既西倾，车殆马烦。尔乃税驾乎蘅皋，秣驷乎芝田，容与乎阳林，流眄乎洛川。于是精移神骇，忽焉思散。俯则未察，仰以殊观，睹一丽人，于岩之畔。乃援御者而告之曰："尔有觌于彼者乎？彼何人斯？若此之艳也！"御者对曰："臣闻河洛之神，名曰宓妃。然则君王之所见也，无乃是乎？其状若何？臣愿闻之。"
>
> 余告之曰：其形也，翩若惊鸿，婉若游龙。荣曜秋菊，华茂春松。仿佛兮若轻云之蔽月，飘摇兮若流风之回雪。远而望之，皎若太阳升朝霞；迫而察之，灼若芙蕖出绿波。秾纤得衷，修短合度。肩若削成，腰如约素。延颈秀项，

皓质呈露。芳泽无加,铅华弗御。云髻峨峨,修眉联娟。丹唇外朗,皓齿内鲜,明眸善睐,靥辅承权。瑰姿艳逸,仪静体闲。柔情绰态,媚于语言。奇服旷世,骨像应图。披罗衣之璀璨兮,珥瑶碧之华琚。戴金翠之首饰,缀明珠以耀躯。践远游之文履,曳雾绡之轻裾。微幽兰之芳蔼兮,步踟蹰于山隅。

于是忽焉纵体,以遨以嬉。左倚采旄,右荫桂旗。攘皓腕于神浒兮,采湍濑之玄芝。余情悦其淑美兮,心振荡而不怡。无良媒以接欢兮,托微波而通辞。愿诚素之先达兮,解玉佩以要之。嗟佳人之信修兮,羌习礼而明诗。抗琼珶以和予兮,指潜渊而为期。执眷眷之款实兮,惧斯灵之我欺。感交甫之弃言兮,怅犹豫而狐疑。收和颜而静志兮,申礼防以自持。

于是洛灵感焉,徙倚彷徨,神光离合,乍阴乍阳。竦轻躯以鹤立,若将飞而未翔。践椒涂之郁烈,步蘅薄而流芳。超长吟以永慕兮,声哀厉而弥长。尔乃众灵杂沓,命俦啸侣,或戏清流,或翔神渚,或采明珠,或拾翠羽。从南湘之二妃,携汉滨之游女。叹匏瓜之无匹兮,咏牵牛之独处。扬轻袿之猗靡兮,翳修袖以延伫。体迅飞凫,飘忽若神,凌波微步,罗袜生尘。动无常则,若危若安。进止难期,若往若还。转眄流精,光润玉颜。含辞未吐,气若幽兰。华容婀娜,令我忘餐。

于是屏翳收风,川后静波。冯夷鸣鼓,女娲清歌。腾文鱼以警乘,鸣玉鸾以偕逝。六龙俨其齐首,载云车之容裔,鲸鲵踊而夹毂，水禽翔而为卫。

于是越北沚，过南冈，纡素领，回清阳。动朱唇以徐言，陈交接之大纲。恨人神之道殊兮，怨盛年之莫当。抗罗袂以掩涕兮，泪流襟之浪浪。悼良会之永绝兮，哀一逝而异乡。无微情以效爱兮，献江南之明珰。虽潜处于太阴，长寄心于君王。忽不悟其所舍，怅神宵而蔽光。

于是背下陵高，足往神留，遗情想像，顾望怀愁。冀灵体之复形，御轻舟而上溯。浮长川而忘返，思绵绵而增慕。夜耿耿而不寐，沾繁霜而至曙。命仆夫而就驾，吾将归乎东路。揽骓辔以抗策，怅盘桓而不能去。

——《洛神赋》

在文中，曹植邂逅洛神，一见钟情，却因为身份相差悬殊，只能含恨而去。

这篇赋的文学价值和艺术魅力，毋庸置疑。后人经常将它与《九歌》《神女》相提并论，甚至有人认为，曹植的作品兼备屈原和宋玉之长，已经超越了前人。

这篇赋的主旨，却一直都有争论。

"虽潜处于太阴，长寄心于君王"，大部分人相信，曹植和屈原一样，都是在借芳草美人，隐喻君臣大义，寄托政治理想。

但也有极少数人，提出了"感甄说"，称曹植与曹丕的妻子有染，文中的洛神，即是甄妃的化身。

这个观点，最早来自唐朝的李善：

> 魏东阿王（曹植），汉末求甄逸女，既不遂……思甄后，忽见女来……悲喜不能自胜，遂作《感甄赋》。后明帝（曹叡）见之，改为《洛神赋》。
>
> ——《文选注》

晋唐之间的正史，从无一字记载曹植与甄妃有什么交集。也没有任何确凿的证据，证明两人之间曾经发生过故事。

李善从哪里得知这段"绯闻"，他并没有交代。

宋代的刘克庄认为，这完全是一派胡言，如果确有其事，曹植绝对活不到曹丕登基之日。

清朝的朱乾更是直言，李善没有认真辨析，就采用牵强附会之言，实在过于轻率，"不独污前人之行，亦且污后人之口"。

况且此后数年，曹植一直都在主动请缨，希望再当大任，从侧面证明，他的《洛神赋》就是一篇《寻君王不遇》。

这样看来，曹植和甄妃的传说应该和那首《七步诗》一样，虽然流传甚广，却是民间百姓，按照"喜闻乐见"的标准，杜撰出来的精彩剧情。

六

226 年，曹丕病逝，曹叡继位，是为魏明帝。

曹植以为，事情终于有了转机，便言辞恳切地上书朝廷，称自己怀抱利器，只等用武之地，如果有幸得到起用，必将"乘危蹈险，

为士卒先"。

出于对皇叔的尊重,明帝每次收到奏折,都会很客气地回复,叮嘱曹植多保重身体、常回家看看。对于他的政治诉求,却置若罔闻,不作任何回应。

232年,明帝心血来潮,下诏让曹氏诸王回到京师一聚。

曹植也在受邀之列。抵达洛阳后,他便直奔内廷,想单独面圣,好好聊一聊朝政、社稷和民生,却连续多日都吃了闭门羹。

几天后,明帝下诏,封曹植为陈王,食邑三千五百户。

很明显,他是在告诉曹植,爵位可以酌情加升,实权不会给你一分!

曹植心灰意冷。

明帝登基后,极力管制亲王、诸侯,他们可调拨的官吏、士兵都是一些老弱病残之人,总量也仅仅维持在两百左右。

作为朝廷格外关注和"优待"的对象,曹植府中的人手、物资又通通减去半数。且十几年来,曹植隔三岔五地就被调整封地,常年奔波迁徙,苦不堪言。

堂堂一个王爷,连应有的尊严与体面都几乎难以维系,真是让人唏嘘不已。

同年冬天,曹植从洛阳回到陈郡不久便郁郁而终,时年四十一岁。

七

"建永世之业,流金石之功""自效于明时,立功于圣世"。

曹植的诗文中,从来不乏豪言壮语。

他的本领与才华,也确实撑得起志向和抱负。

曹操曾经在公开场合非常欣慰地告诉众人:"始者谓子建,儿中最可定大事。"

只可惜,后来的曹植任性放纵、不拘礼法,生生被曹丕弯道超车,赢在起跑线,却输在了终点站。

但换个角度看,世间安得两全法,顺风顺水的仕途、志得意满的人生,又岂能写出流传千古的诗文?

曹植的一生,阅历丰富,跌宕起伏,"生乎乱、长乎军",身处草莽,心系庙堂,位列王侯,实为囚徒。

"屈原放逐,乃赋《离骚》",曹植的文学创作,也正是以曹操病逝、曹丕登基为界,前期英姿勃发,昂扬向上,后期抑郁沉怨,却又哀而不伤。

谢灵运曾说:"天下才共一石,曹子建独得八斗,我得一斗,自古及今共用一斗。"

这样一个"浪漫得要死、狂得要命"的人都愿意承认,曹植的才华,有他八倍之多。

足见在魏晋之后的文坛中,曹植绝对是神一般的存在。

即便到了隋唐、两宋,依然是仰慕者众。就连李白、杜甫这等人物,都说"子建文笔壮""建安之雄才"。

或许正因如此,清代的丁晏才会称他为"古今诗人之冠,灵均(屈原)以后,一人而已"。

嵇康

> 我还是从前那个少年,没有一丝丝改变

一

曹魏景元四年（263），京都洛阳，东市刑场。

即将被问斩的嵇康，正站在场地中央，脸上写满了惆怅。

他不是怕死，而是怕死得寂寞。

嵇康找到监斩官，索来一张古琴。简单调试后，他捋了捋长发，整了整衣袖，环视四周，朗声告诉众人：

"当年，我曾游于洛西，暮宿华阳亭，夜遇世外高人，习得神曲《广陵散》，始终谨记教诲，从未外传于人。今日愿以此曲，作别诸位。只可惜，这《广陵散》，怕是要成为绝唱啦！"

一声长叹后，嵇康抬起双腕，引琴而弹。

十指拂过，仙乐回荡。果然是天籁之音。一曲终了，余音袅袅。在场之人，久久不能平静。

很快，"刀下留人"的呐喊声，便在整个东市沸腾。挤在前排的三千太学生，更是齐刷刷地跪下，向朝廷请命，希望能赦免嵇康，改到太学任教。

这当然不可能。

转眼，午时三刻已到。监斩官一声令下，行刑者手起刀落，嵇康的生命，就这样被定格。

这一年，他才三十九岁。

二

224年,嵇康出生于谯国铚县(今安徽濉溪)。家世虽不显赫,却远非寒门。

父亲嵇昭,曾任治书侍御史,负责管理皇家图书室。有此专属便利,嵇康小小年纪,便已博览群书,加之天资聪颖,无师自通,很快就以"奇才"之称闻名乡里。

兄长嵇喜,智勇双全,当过太仆,做过宗正,是齐王司马攸[yōu]的得力助手。父亲去世后,他便和母亲一起,悉心照顾弟弟。

母慈子孝,兄友弟恭。虽然是在单亲家庭,嵇康的幸福并未减少半分。

整个青少年时期,他朋友圈里的日常,不是诗和远方,就是自己俊美的画像。

毕竟,嵇公子不仅才华横溢,颜值也确实在线。

"龙章凤姿,天质自然。"不仅《晋书》肯定了他的外貌和仪态,《世说新语》中也有颇为夸张的描写:

> 嵇叔夜之为人也,岩岩若孤松之独立;其醉也,傀俄若玉山之将崩。

站如松,坐如钟;即便倒下,也似玉山将崩。

古往今来的美男子,基本上都止步于前半句。

在酩酊大醉、现出原形之后,还能持续保持风度,催生出"玉

山将崩"这个成语的，应该只有嵇康一人。

刚刚成年的嵇康，就被皇室相中，当上了曹家的女婿。他的妻子，是曹操的曾孙女长乐亭主。

夫随妻贵，新婚不久的嵇康便官拜郎中，授中散大夫。"嵇中散"的称号，正是由此而来。

一介书生与皇室联姻，必定平步青云，前程似锦。

这种老套的剧情，看到了开头，似乎就能猜得到结局。但双脚已经踏上捷径的嵇康，却用半生的倔强，改写了剧本的走向。

三

性格决定命运，嵇康生来就不是适合做官的人。

他崇尚老、庄，鄙视周、孔，觉得做人就应该顺应天性，自由伸展，什么儒家的伦理、纲常，通通靠边站。

他生活散漫，懒得快要瘫痪。半个月洗一回脸，三十天洗一次头，至于什么时候洗澡，那得看皮肤的耐痒程度。甚至每次小便，都要憋到膀胱即将涨破的临界点。

正是因为如此，当大将军司马昭备下厚礼，欲聘请他为幕僚之时，嵇康却一头躲进老家，玩起了"行为艺术"。

官场的约束那么多，他当然不会自投罗网。

嵇家的老宅旁长有一棵柳树，枝繁叶茂，绿荫如盖，树下溪水潺潺，常年微风习习，原本是焚香沏茶、读书作画的绝佳场地。

但在嵇康眼中，这里的一切，却是为打铁而生。

是的,你没看错,曾经的朝廷命官,沛王的女婿,大魏颜值最高的青年才俊,最感兴趣的事情,竟然是打铁。

这人设与行为之间的反差,着实有点大。

即便在车马很慢、书信很远的魏晋,嵇康打铁这件事也引起了不小的轰动,前来围观者一直络绎不绝。

兖州的吕安哪怕相隔千里,只要想起正在挥汗如雨的老嵇,立刻就会备上马车,飞驰而至。

成语"千里命驾",正是源自这段说走就走的友情。

看来这魏晋风度,果然是随心又随性。

四

当然,打铁并不是嵇康的主业。

他几乎是个全能的斜杠青年,一直都在用实力圈粉。

诗歌散文,无所不精,且善于书,工于画,墨迹和丹青都被后世尊为妙品。

他还喜爱音乐,注重养生,年纪轻轻便著有《养生论》和《声无哀乐论》等经典作品。

嵇康的粉丝群里,有一个大咖,叫钟会。

钟会是太尉钟繇之子,少年老成,足智多谋,深受司马昭的赏识。他曾专程赶到嵇宅,观摩偶像打铁。

原以为,政坛新星到访,嵇康一定会热情相待,笑脸相迎。没想到的是,等他屁颠屁颠地跑到嵇康身旁,嵇康却视之如空气,不

闻不理。

很明显,这种局面,只要主人不尴尬,尴尬的就是客人。

还没到一炷香的工夫,钟会就熬不住了,正准备打道回府,嵇康却突然来了一句:"何所闻而来,何所见而去。"

问得没头没脑,玄而又玄。

钟会心中的怒火瞬间被点燃,悻悻地答了句"闻所闻而来,见所见而去。"便跨上高头大马,飞奔而去。

与偶像的第一次会面,就这样不欢而散。

但钟会依然没有死心。他精通玄学,善写文赋,《四本论》完稿后,一直想找个机会面见嵇康,求得指点。

等赶到嵇康的住处,他又把书稿藏于怀中,迟迟不敢拿出。他在门外徘徊良久,不敢进,又不愿回,最后只得隔着窗户,将书稿掷入,匆忙离去。

真是像极了小娃娃送情书的样子。

就连结局也和单恋的爱情一样,你在痴痴地等,却等不到任何回应。

钟会很受伤,但作为司马昭身边的大红人,他坚信,嵇康迟早逃不过他的手心。

五

尚书吏部郎山涛,离任之际特意向朝廷上书,举荐嵇康接替自己,司马昭也表示同意。

嵇 康

嵇康听到这个消息，却是火冒三丈，当即写下一封《与山巨源绝交书》，大骂山涛无情无义无理取闹：

康白：足下昔称吾于颍川，吾常谓之知言。然经怪此意尚未熟悉于足下，何从便得之也？前年从河东还，显宗、阿都说足下议以吾自代，事虽不行，知足下故不知之。足下傍通，多可而少怪；吾直性狭中，多所不堪，偶与足下相知耳。闲闻足下迁，惕然不喜，恐足下羞庖人之独割，引尸祝以自助，手荐鸾刀，漫之膻腥，故具为足下陈其可否。

吾昔读书，得并介之人，或谓无之，今乃信其真有耳。性有所不堪，真不可强。今空语同知有达人无所不堪，外不殊俗，而内不失正，与一世同其波流，而悔吝不生耳。老子、庄周，吾之师也，亲居贱职；柳下惠、东方朔，达人也，安乎卑位，吾岂敢短之哉！又仲尼兼爱，不羞执鞭；子文无欲卿相，而三登令尹，是乃君子思济物之意也。所谓达能兼善而不渝，穷则自得而无闷。以此观之，故尧、舜之君世，许由之岩栖，子房之佐汉，接舆之行歌，其揆一也。仰瞻数君，可谓能遂其志者也。故君子百行，殊途而同致，循性而动，各附所安。故有处朝廷而不出，入山林而不返之论。且延陵高子臧之风，长卿慕相如之节，志气所托，不可夺也。吾每读尚子平、台孝威传，慨然慕之，想其为人。少加孤露，母兄见骄，不涉经学。性复疏懒，筋驽肉缓，头面常一月十五日不洗，不大闷痒，不能沐也。每常

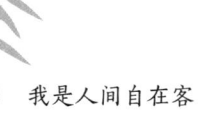

小便而忍不起,令胞中略转乃起耳。又纵逸来久,情意傲散,简与礼相背,懒与慢相成,而为侪类见宽,不攻其过。又读《庄》《老》,重增其放,故使荣进之心日颓,任实之情转笃。此犹禽鹿,少见驯育,则服从教制;长而见羁,则狂顾顿缨,赴蹈汤火;虽饰以金镳,飨以佳肴,愈思长林而志在丰草也。

阮嗣宗口不论人过,吾每师之而未能及;至性过人,与物无伤,唯饮酒过差耳。至为礼法之士所绳,疾之如仇,幸赖大将军保持之耳。吾不如嗣宗之资,而有慢弛之阙;又不识人情,暗于机宜;无万石之慎,而有好尽之累。久与事接,疵衅日兴,虽欲无患,其可得乎?又人伦有礼,朝廷有法,自惟至熟,有必不堪者七,甚不可者二:卧喜晚起,而当关呼之不置,一不堪也。抱琴行吟,弋钓草野,而吏卒守之,不得妄动,二不堪也。危坐一时,痹不得摇,性复多虱,把搔无已,而当裹以章服,揖拜上官,三不堪也。素不便书,又不喜作书,而人间多事,堆案盈机,不相酬答,则犯教伤义,欲自勉强,则不能久,四不堪也。不喜吊丧,而人道以此为重,已为未见恕者所怨,至欲见中伤者;虽瞿然自责,然性不可化,欲降心顺俗,则诡故不情,亦终不能获无咎无誉如此,五不堪也。不喜俗人,而当与之共事,或宾客盈坐,鸣声聒耳,嚣尘臭处,千变百伎,在人目前,六不堪也。心不耐烦,而官事鞅掌,机务缠其心,世故烦其虑,七不堪也。又每非汤、武而薄周、孔,在人间不止,

嵇 康

此事会显，世教所不容，此甚不可一也。刚肠疾恶，轻肆直言，遇事便发，此甚不可二也。以促中小心之性，统此九患，不有外难，当有内病，宁可久处人间邪？又闻道士遗言，饵术黄精，令人久寿，意甚信之；游山泽，观鱼鸟，心甚乐之；一行作吏，此事便废，安能舍其所乐而从其所惧哉！

夫人之相知，贵识其天性，因而济之。禹不逼伯成子高，全其节也；仲尼不假盖于子夏，护其短也；近诸葛孔明不逼元直以入蜀，华子鱼不强幼安以卿相，此可谓能相终始，真相知者也。足下见直木不可以为轮，曲木不可以为桷，盖不欲枉其天才，令得其所也。故四民有业，各以得志为乐，唯达者为能通之，此足下度内耳。不可自见好章甫，强越人以文冕也；己嗜臭腐，养鸳雏以死鼠也。吾顷学养生之术，方外荣华，去滋味，游心于寂寞，以无为为贵。纵无九患，尚不顾足下所好者。又有心闷疾，顷转增笃，私意自试，不能堪其所不乐。自卜已审，若道尽途穷则已耳。足下无事冤之，令转于沟壑也。

吾新失母兄之欢，意常凄切。女年十三，男年八岁，未及成人，况复多病。顾此恨恨，如何可言！今但愿守陋巷，教养子孙，时与亲旧叙离阔，陈说平生，浊酒一杯，弹琴一曲，志愿毕矣。足下若嬲之不置，不过欲为官得人，以益时用耳。足下旧知吾潦倒粗疏，不切事情，自惟亦皆不如今日之贤能也。若以俗人皆喜荣华，独能离之，以此为快；此最近之，

可得言耳。然使长才广度，无所不淹，而能不营，乃可贵耳。若吾多病困，欲离事自全，以保余年，此真所乏耳，岂可见黄门而称贞哉！若趣欲共登王途，期于相致，时为欢益，一旦迫之，必发狂疾。自非重怨，不至于此也。野人有脍炙背而美芹子者，欲献之至尊，虽有区区之意，亦已疏矣。愿足下勿似之。其意如此，既以解足下，并以为别。嵇康白。

在惜墨如金的古代，能写出这么长的信件，足见嵇康的内心，对山涛的举荐有多么大的抗拒和愤懑。

洋洋洒洒尽两千字，核心无非是以下几层意思：

你听谁说我想做官了？咱俩道不同，不相为谋。

跟你成为朋友，真是个意外。

人和鹿是一样的。从小被驯服，就很好管教。等到散漫惯了，再套上绳索，即便赴汤蹈火，也要挣脱枷锁。

我桀骜不驯，放荡不羁，有"七不堪、两不可"，如何能在官场安身立足？

人之相知，贵在知其本性。

不要因为你喜欢华丽的帽子，就非得买一顶给别人戴上。

也别以为自己爱吃腐肉，就拿这个来喂养凤凰。

我只想闲居陋巷，教养子孙，有琴有酒有亲友，足矣。

你走你的阳关道，我过我的独木桥。

言止于此，友尽于此。

语气够辛辣，态度够坚决。但明眼人一看便知，嵇康想绝交的，

不是山涛,而是独揽大权的司马氏。

司马昭之心,路人皆知。把持朝政后,他一直都在清除异己,打击政敌。他又岂容嵇康这般放肆?

果然,史书记载,司马昭读到这封信后,勃然大怒,对嵇康已然起了杀心。

现在,只需要一个合适的时机和一个说得过去的理由,嵇康便性命堪忧。

司马昭并没有等太久。

六

吕安的妻子徐氏,被吕安的哥哥吕巽[xùn]迷奸。吕安气急之下,准备先休掉徐氏,再向官府揭发此事。

作为兄弟俩的共同好友,嵇康得知消息后一直从中劝和。

碍于嵇康的情面,吕巽终于向弟弟忏悔,许诺将痛改前非,吕安也答应,不再追究兄长的责任。

一场差点导致兄弟反目的纷争,总算得以平息。

但事后不久,吕巽却做贼心虚,认为吕安不除,自己迟早还会遭到报复。

为了不留后患,他竟反咬一口,向司马昭告发,称吕安常年殴打母亲,极为不孝,必须严惩,以警醒世人。

吕巽是司马昭的亲信,说话自然好使。很快,吕安便被捕入狱,并将流放至边郡。

嵇康气愤至极,匆忙写下《与吕长悌绝交书》,将吕巽侮辱徐氏、诬告吕安的事实全都公之于众。

以嵇康的才气和名气,这封信很快就成为一篇爆文。

于是,天下皆知,吕巽恶贯满盈,司马昭抓错了人。

对于司马氏来说,这是一起非常严重的负面舆情。

又是这个嵇康!司马昭真的不想再忍了。

这时,早已对嵇康"粉转黑"的钟会,主动站了出来:

"华士惑众造反,少正卯轻时傲世,终被姜太公和孔丘所杀。嵇康、吕安也是此等之人,连圣贤都欲杀之,您又为何不可?"

好一记落井下石。

司马昭深以为然,马上以"言论放荡""害时乱教"的罪名,定了嵇康和吕安的死刑。

看来,这"莫须有"的剧情,并非源自南宋小朝廷。

七

时间回到二十年前。

豫晋之交的山阳县,活跃着一群才华超群的年轻人。他们志趣相投,交往密切,经常聚在一起,清谈、喝酒、纵歌、长啸,世称"竹林七贤"。

而嵇康,便是其中的灵魂人物。

尽管在乱世中,他们的政治态度和思想倾向还是出现了分歧,

嵇 康

最后各奔东西。

但嵇康依然将初心坚持到底,蔑视名教,不拘礼法,放浪形骸,目空一切。

他远离政治,拒绝权贵,既是不愿,更是不屑。

就连至爱的兄长参军,他写诗送行,字里行间,也不见建功立业的热血沸腾,只有超然物外的云淡风轻:

> 息徒兰圃,秣马华山。流磻平皋,垂纶长川。
> 目送归鸿,手挥五弦。俯仰自得,游心太玄。
> 嘉彼钓叟,得鱼忘筌。郢人逝矣,谁与尽言。
> ——《赠秀才入军·其十四》

在山下射鸟,在水边捕鱼,一边目送南归的鸿雁,一边信手挥弹五弦。此中悠然之乐,又有几人能懂?

这才是嵇康的本性,不向世俗折腰,不被名利羁绊,"越名教而任自然",至死不变。

哪怕面对死亡,也依然稳若泰山。

不信你看,他走上断头台前,演奏的那曲《广陵散》,就是在骄傲地告诉世人:我还是从前那个少年,没有一丝丝改变。

只可惜,世间再无嵇康,《广陵散》终成绝唱。

陶渊明

所谓英雄,就是看清生活的真相之后,依然热爱生活

一

东晋义熙元年，江州彭泽县衙。

上任不到百日的县令，正在屋里来回踱步，焦虑不已，一边抓耳挠腮，一边唉声叹气：走，还是留？这是个问题！

单句循环良久，迟迟未有定论。

一筹莫展之际，师爷突然来报："督邮大人到！"

督邮职位不高，地位却相当重要，在基层可以监督司法，宣达政令，督察考核，无所不能，几乎就是郡守的化身。

县令自然不敢怠慢，赶紧停下脚步，准备出门相迎。

师爷却好心提醒："这个样子去见长官，怕是不妥。"

县令给了一个白眼："有何不妥？"

师爷赶紧回应："下级参见上级，理应衣帽整齐，大方得体。而您的穿着太过随意……"

"哈哈哈哈哈……"县令先是一愣，然后眼前一亮，之前纠结不定的问题，心中顿时有了答案。

他连忙转身回屋，拿出官印，丢到桌上："功名诚可贵，利禄价更高。若为自由故，两者皆可抛。我岂能为了五斗米的俸禄，去伺候那狗仗人势之流。告辞！"说完，便头也不回，径自走出了县衙。

师爷瞬间石化。

陶渊明

这便是成语"不为五斗米折腰"的出处。

这个县令,就是东晋著名诗人、辞赋家陶渊明。

二

352年(一说365年),陶渊明出生于浔阳柴桑(今江西九江)。

曾祖陶侃,东晋大司马,战功赫赫,名震敌国。

祖父陶茂,武昌刺史。父亲陶逸,安城太守。

深受祖辈影响,少时的陶渊明,不仅学贯古今,而且壮志凌云,这从他后期所写的诗歌中能看出一二:

> 少年罕人事,游好在六经。行行向不惑,淹留遂无成。
> 竟抱固穷节,饥寒饱所更。弊庐交悲风,荒草没前庭。
> 披褐守长夜,晨鸡不肯鸣。孟公不在兹,终以翳吾情。
> ——《饮酒》其十六
>
> 忆我少壮时,无乐自欣豫。猛志逸四海,骞翮思远翥。
> 荏苒岁月颓,此心稍已去。值欢无复娱,每每多忧虑。
> 气力渐衰损,转觉日不如。壑舟无须臾,引我不得住。
> 前途当几许,未知止泊处。古人惜寸阴,念此使人惧。
> ——《杂诗》其五

不幸的是,陶渊明八岁时,父亲因病去世。此后,他便和母亲一起,寄居在外祖父的家里。

和曾祖父陶侃、祖父陶茂谨慎、稳重的性格不同,外祖父孟嘉、孟陋两兄弟都是江东名士,崇尚自然,淡泊名利,任性洒脱,闲适恣意。他们的文采风流和清操德行,都对陶渊明影响颇深。

多年后,陶渊明在为外祖父立传时,依然掩饰不住内心的崇敬之情,称他"名冠州里,声流京邑""清蹈衡门,令闻孔昭"。

就这样,陶渊明的少年时代,竟完美容纳了两种完全相反的处世观念。他后来屡屡入仕,又迅速逃离,应该与此不无关系。

三

二十九岁时,陶渊明出任江州祭酒,负责军事、治安、农桑、户籍、水利等事务。

这是一个很有实权的职务,但他没有坚持多久便"不堪吏职",拂袖而去。

为什么承受不了?

是薪水太低,还是加班伤不起,又或是才华撑不起,史书并没有交代。

后人推测,陶渊明的离开很可能与江州刺史王凝之有关。

王凝之可是大有来头。父亲是写出"天下第一行书"的王羲之,妻子是成语"咏絮之才"的主人公、著名才女谢道韫。

但除了书法和诗文勉强没有给老王家丢脸之外,王凝之的政治才能,约等于零。

后来孙恩造反,已经兵临城下,他作为一军之帅,竟然不练兵、

不设防,只信了"五斗米道"的邪,认为"鬼兵"可以帮助守城,最终被敌军杀死于阵前。

当出身名门、满腔热血的青年才俊,遇上只会念经、不会带兵的上司,结果可想而知。

除了失望,还是失望。

四

蔼蔼堂前林,中夏贮清阴。凯风因时来,回飙开我襟。
息交游闲业,卧起弄书琴。园蔬有余滋,旧谷犹储今。
营己良有极,过足非所钦。春秫作美酒,酒熟吾自斟。
弱子戏我侧,学语未成音。此事真复乐,聊用忘华簪。
遥遥望白云,怀古一何深!

——《和郭主簿》其一

屏蔽无用社交,读书抚琴就好。

吃不尽的稻谷蔬菜,自酿自斟的高粱美酒,还有咿呀学语的幼子。

生活这般恬静和纯真,何须惦记富贵与功名。

从江州归来后,陶渊明便已经断了入仕之心,只想待在家里,读书抚琴,自耕自饮,尽享天伦。

但计划永远赶不上变化。

399年前后,桓玄杀死荆州刺史,取而代之。

为了进一步巩固政权,继续与相邻的军阀抗衡,桓玄主政不久

便发布招贤令,广纳天下英才。

很快,陶渊明便进入了他的视线。

考虑到外公孟嘉曾是桓玄父亲的老部下,而且桓玄父子二人向来礼遇文人,在书生群体中一直享有盛名,一番纠结之后,陶渊明加入了桓玄的幕府。

但官场的尔虞我诈、幕府的繁文缛节,再一次让陶渊明生了隐退之心。

从京都出差归来的路上,他又开始想念家中的一切:

其一

行行循归路,计日望旧居。一欣侍温颜,再喜见友于。
鼓棹路崎曲,指景限西隅。江山岂不险?归子念前途。
凯风负我心,戢枻守穷湖。高莽眇无界,夏木独森疏。
谁言客舟远?近瞻百里余。延目识南岭,空叹将焉如!

其二

自古叹行役,我今始知之。山川一何旷,巽坎难与期。
崩浪聒天响,长风无息时。久游恋所生,如何淹在兹。
静念园林好,人间良可辞。当年讵有几?纵心复何疑!

——《庚子岁五月中从都还阻风于规林二首》

身在归途,一直在计算归期。

家中有慈祥的母亲,还有挚爱的兄弟。

世俗纷扰,哪有家中园林静好。

大好光阴,当然应该放飞身心、享受人生。

于是,回到江陵后陶渊明便告假还乡,在家中闲居了一整年。

五

假期结束后,陶渊明恋恋不舍地告别家人,再次赶往江陵。

> 闲居三十载,遂与尘事冥。诗书敦宿好,林园无世情。
> 如何舍此去,遥遥至南荆!叩枻新秋月,临流别友生。
> 凉风起将夕,夜景湛虚明。昭昭天宇阔,皛皛川上平。
> 怀役不遑寐,中宵尚孤征。商歌非吾事,依依在耦耕。
> 投冠旋旧墟,不为好爵萦。养真衡茅下,庶以善自名。
> ——《辛丑岁七月赴假还江陵夜行涂口》

公务缠身,无心安睡。

夜半时分,仍在独自远行。

无意功名,只恋躬耕。

不求高官厚禄,只愿早日回乡,蜗居陋室,修身养性。

复职不久,荆州刺史桓玄趁着朝廷平定孙恩叛乱、无力掌控江东之际起了反叛之心。

陶渊明一下子陷入两难境地。

留任,则是支持乱军,辞职,势必惹怒桓玄。

就在这时,他接到母亲病故的家书,便以回乡守丧的理由,名正言顺地离开了荆州。

后来,桓玄果然杀入京都,先是自封宰相,总揽朝政,后又逼晋安帝退位,建桓楚政权,自立为帝。

再次失望的陶渊明,更加坚定了隐居终老的决心:

其一

在昔闻南亩,当年竟未践。屡空既有人,春兴岂自免?
夙晨装吾驾,启涂情已缅。鸟哢欢新节,泠风送余善。
寒竹被荒蹊,地为罕人远。是以植杖翁,悠然不复返。
即理愧通识,所保讵乃浅。

其二

先师有遗训,忧道不忧贫。瞻望邈难逮,转欲志长勤。
秉耒欢时务,解颜劝农人。平畴交远风,良苗亦怀新。
虽未量岁功,既事多所欣。耕种有时息,行者无问津。
日入相与归,壶浆劳近邻。长吟掩柴门,聊为陇亩民。

——《癸卯岁始春怀古田舍二首》

圣人说,君子当胸怀天下,心系家国。

但对于陶渊明而言,他向往的生活,却是"平畴交远风,良苗亦怀新"的农田之景和"耕种有时息,行者无问津"的劳作之乐。

陶渊明

六

　　转眼,陶渊明已年届不惑,想起祖辈"天子畴我,专征南国"的功业,又突然感叹起日月更替,光阴似箭,自己双鬓添白,却依然一事无成:

荣木,念将老也。日月推迁,已复九夏,总角闻道,白首无成。
　　采采荣木,结根于兹。晨耀其华,夕已丧之。
　　人生若寄,憔悴有时。静言孔念,中心怅而。
　　采采荣木,于兹托根。繁华朝起,慨暮不存。
　　贞脆由人,祸福无门。非道曷依?非善奚敦?
　　嗟予小子,禀兹固陋。徂年既流,业不增旧。
　　志彼不舍,安此日富。我之怀矣,怛焉内疚!
　　先师遗训,余岂之坠?四十无闻,斯不足畏。
　　脂我名车,策我名骥。千里虽遥,孰敢不至!
　　　　　　　　　　　　　　　　——《荣木并序》

圣人遗训,铭刻在心。
年华易老,只争朝夕。
策马扬鞭,纵横驰骋。
路虽远,行必至!
404年,刘敬宣因为平叛有功,被任命为建威将军、江州刺史。或许是源自对朝廷的忠心,也或许是刘敬宣的功勋再次激起了

陶渊明的"入世"之心，总之在这一年，他又赶到江州，做起了刘敬宣的参军。

但遗憾的是，江州换了几任刺史，衙门还是那个衙门，幕府还是那个幕府，从王凝之到桓玄，再到刘敬宣，他们主政一方，从来没有将朝廷放在心上，只盘算自己的利益，只经营自己的势力。

加之刘敬宣身份特殊、经历丰富，和叛乱的桓玄，平叛的刘裕、刘毅，以及朝中当权的司马元显，甚至邻国南燕的王室，关系都说不清、道不明。他会不会步桓玄的后尘，对朝廷生有二心？

失望、焦虑、前路不明的陶渊明，又开启了"身在幕府，心在故居"的运行模式：

> 我不践斯境，岁月好已积。晨夕看山川，事事悉如昔。
> 微雨洗高林，清飙矫云翮。眷彼品物存，义风都未隔。
> 伊余何为者，勉励从兹役。一形似有制，素襟不可易。
> 园田日梦想，安得久离析。终怀在归舟，谅哉宜霜柏。
>
> ——《乙巳岁三月为建威参军使都经钱溪》

一份违心的差役，让我身心俱疲。

朝思暮想的，仍然是故乡的田园。

终究要踏上归途，像风霜中的松柏那样，挺立、昂首。

好在几个月之后，因刘毅的干涉与弹劾，刘敬宣辞去刺史之职，幕府解散，陶渊明又回到了故园。

一年后，经叔父陶夔推荐，陶渊明担任彭泽县令。

仅仅八十余天,他又递上辞呈,交出官印,再次做回庶民。

从此,陶渊明便隐居乡间,与官场彻底绝缘,以耕种自足,以诗书自娱。

与祖辈、父辈建立的功业相比,他在政治上的成就几乎可以忽略不计。但后半生的陶渊明,却用随心随性、自在率真,换来后世无数文人的仰慕和钦敬。

七

元熙年间,王弘担任江州刺史,想去拜访陶渊明。陶渊明却以生病为借口,多次拒绝与他相见。

王弘无奈,只得安排一个密探,守在陶家屋外。得知陶渊明不日会去庐山,他便让老朋友庞通之等人,带上好酒,先行上路,在半道等候。

陶渊明未到庐山,便"偶遇"好友与好酒,自然大喜过望,立刻坐进山间小亭,与众人对饮,完全忘记了行程。

这个时候,王弘刚好"路过",喝得正高兴的陶渊明连忙邀请刺史入座,然后像久别重逢的老朋友一样,一边喝酒一边聊天,直至日薄西山。

真是百闻不如一见。

陶渊明"自来熟"的性格,让刺史大人备感亲切。

见陶渊明脚上没有穿鞋,王弘便吩咐左右:"赶紧为先生量个尺寸,做双好鞋。"

这边话音刚落,那边的陶渊明立刻伸出了双脚,惹得在场之人全都哑然失笑。

类似的行为艺术,在陶渊明的身上数不胜数:

郡守前来拜会,正在酿酒的陶渊明竟以迅雷之势扯下郡守的头巾,然后面不改色地将新酒滤清。操作完成后,又将沾满酒渣的头巾,重新给郡守系紧。

陶渊明不通音律,却备有一张无弦素琴。每逢宴饮,他都会拿出来演奏助兴。众人瞠目结舌,他却安然自若:"我的天籁之音,只可意会,无须倾听。"

一到盛夏,他都会睡在窗台,一边仰望星空,一边沐浴清风,自称是"羲皇上人"。

家中设宴之时,最先喝醉的一定是做东的陶渊明。倒下之前,他还不忘叮嘱众人:"我喝好了,你们可以走了……"

八

在卸任彭泽县令之时,陶渊明曾作有《归去来兮辞》:

余家贫,耕植不足以自给。幼稚盈室,瓶无储粟,生生所资,未见其术。亲故多劝余为长吏,脱然有怀,求之靡途。会有四方之事,诸侯以惠爱为德,家叔以余贫苦,遂见用于小邑。于时风波未静,心惮远役,彭泽去家百里,公田之利,足以为酒。故便求之。及少日,眷然有归欤之情。何则?

质性自然，非矫厉所得。饥冻虽切，违己交病。尝从人事，皆口腹自役。于是怅然慷慨，深愧平生之志。犹望一稔，当敛裳宵逝。寻程氏妹丧于武昌，情在骏奔，自免去职。仲秋至冬，在官八十余日。因事顺心，命篇曰《归去来兮》。乙巳岁十一月也。

归去来兮，田园将芜胡不归？既自以心为形役，奚惆怅而独悲？悟已往之不谏，知来者之可追。实迷途其未远，觉今是而昨非。舟遥遥以轻飏，风飘飘而吹衣。问征夫以前路，恨晨光之熹微。

乃瞻衡宇，载欣载奔。僮仆欢迎，稚子候门。三径就荒，松菊犹存。携幼入室，有酒盈樽。引壶觞以自酌，眄庭柯以怡颜。倚南窗以寄傲，审容膝之易安。园日涉以成趣，门虽设而常关。策扶老以流憩，时矫首而遐观。云无心以出岫，鸟倦飞而知还。景翳翳以将入，抚孤松而盘桓。

归去来兮，请息交以绝游。世与我而相违，复驾言兮焉求？悦亲戚之情话，乐琴书以消忧。农人告余以春及，将有事于西畴。或命巾车，或棹孤舟。既窈窕以寻壑，亦崎岖而经丘。木欣欣以向荣，泉涓涓而始流。善万物之得时，感吾生之行休。

已矣乎！寓形宇内复几时？曷不委心任去留？胡为乎遑遑欲何之？富贵非吾愿，帝乡不可期。怀良辰以孤往，或植杖而耘耔。登东皋以舒啸，临清流而赋诗。聊乘化以归尽，乐夫天命复奚疑！

这篇文章的艺术成就,有目共睹。

北宋文坛泰斗欧阳修的评语,已经很能说明问题:"晋无文章,惟陶渊明《归去来兮辞》一篇而已。"

《归去来兮辞》,孤篇压全晋!

更重要的是,陶渊明在文章的序言部分详细解释了十余年来,自己多次入仕又辞职,反反复复、纠结不定的原因。

为什么会做官?

> 生生所资,未见其术。

生计所迫,不得已而为之。

为什么会选择做彭泽县令?

> 于时风波未静,心惮远役,彭泽去家百里,公田之利,足以为酒。

时局不稳,不敢远行,彭泽离家最近,况且还有公粮酿酒的便利。

为什么匆匆上任,又匆匆离职?

> 及少日,眷然有归欤之情。何则?质性自然,非矫厉所得。饥冻虽切,违己交病。

生性如此,不愿受任何拘束,勉强不得。温饱虽然要紧,违心做事却会身心俱疲。

值得注意的是,在谈到做官的原因时,陶渊明并没有夸夸其谈,说什么齐家治国、经世济时,而是大大方方地承认,谋求衣食,才是人生的根本。

> 人生归有道,衣食固其端。孰是都不营,而以求自安?
> 开春理常业,岁功聊可观。晨出肆微勤,日入负耒还。
> 山中饶霜露,风气亦先寒。田家岂不苦?弗获辞此难。
> 四体诚乃疲,庶无异患干。盥濯息檐下,斗酒散襟颜。
> 遥遥沮溺心,千载乃相关。但愿长如此,躬耕非所叹。
>
> ——《庚戌岁九月中于西田获早稻》

成为"著名隐士"后,常有地方官员前来拜访,大部分情况下,陶渊明都避而不见。

对此,他向朋友这样解释:一是生性孤僻,不愿结交权贵;二来大张旗鼓地接待官员,会有作秀之嫌。隐居,我是认真且安静的。

> 我性不狎世,因疾守闲,幸非洁志慕声,岂敢以王公纡轸为荣邪!
>
> ——《晋书·陶潜传》

或许正因如此,后世的苏轼在评价这位先人时,只说了一个字:真。

> 欲仕则仕，不以求之为嫌。欲隐则隐，不以去之为高。古今贤之，贵其真也。
>
> ——苏轼

九

其实，对于陶渊明来说，他的人生并非只有一种选择。

东晋末年，门阀士族依然可以主导政局。

虽然家道已经衰落，但毕竟是开国元勋之后，如果愿意攀权附贵，随波逐流，或者以归隐为名，行钓誉之实，陶渊明封官晋爵甚至位列公卿，也不是没有可能。

但陶渊明历任王凝之、桓玄、刘敬宣等人的幕僚，连酬应长官、歌功颂德的话语都未曾写过半句。

很明显，他不会与世俗同流合污。

魏晋以来，闲居乡野者不乏其人，唯独陶渊明，备受后世敬重，绝对不是偶然。

> 晋宋人物，虽曰尚清高，然个个要官职，这边一面清谈，那边一面招权纳货。陶渊明真个能不要，所以高于晋宋人物。
>
> ——朱熹《朱子语类》

世人大多羡慕隐居后的陶渊明，真实、自在、洒脱、任性。可

很少有人关注,他的前半生曾经满是伤痕。

国家分裂,政权动荡,官员贪腐……在这样的大环境中,陶渊明从闲居到出仕,从出仕到辞职,几次循环反复,"大济苍生"的豪情与壮志,已经消磨殆尽。

他有过孤独:

> 栖栖失群鸟,日暮犹独飞。
> 徘徊无定止,夜夜声转悲。
>
> ——《饮酒》其四

也有过焦虑:

> 日月掷人去,有志不获骋。
> 念此怀悲凄,终晓不能静。
>
> ——《杂诗》其二

甚至在某个时刻,还有过"万般皆空"的幻灭感:

> 一世异朝市,此语真不虚。
> 人生似幻化,终当归空无。
>
> ——《归园田居》其四

但他并没有因为仕途上的失败就否定整个人生,也没有将理想

的幻灭当成自甘堕落的借口,进而消极沉沦,颓废一生。

而是在看透世事之后,遵从内心,乐安天命,在诗书酒琴和山水田园中,享受大好人生。

从这个意义上说,陶渊明既是一个伟大的浪漫主义诗人,也是一个十足的英雄主义者。

这个世界上,有一种英雄主义,就是看清生活的真相之后,依然热爱生活。

王绩

> 喝酒一时爽,一直喝一直爽

我是人间自在客

一

"焦夫人,又没酒啦!"

初唐贞观年间,京城长安。太乐丞王绩,正对着他的顶头上司太乐令焦革的太太,发出急切呼唤。

"来啦来啦,刚出窖的好酒,包喝,管够!"

焦夫人应声之后,连忙挑上两坛好酒,让人送到王绩的屋中。

酒缸还没放稳,王绩就急吼吼地剥开封泥,倒出美酒,"咕咚咕咚"灌了几大口。然后一边擦着嘴角,一边朗声大笑:"喝酒一时爽,一直喝一直爽,哈哈哈哈哈……"

王绩说到做到,一整个下午,他都在不停地喝酒、喝酒、喝酒。

喝到兴奋处,他还举起酒杯,朝着对门的焦大人喊话:"来来来,喝完这杯,还有一杯。再喝完这一杯,还有三杯……"

对于这般嗜酒的下属,焦大人也深感无奈,只能善意提醒:"小王啊,美酒虽好,可不要贪杯哦!"

但他的一番好心,约等于对牛弹琴。

毕竟,小王当初拼命调入太乐署,图的就是老焦家的粗粮大曲。

二

所有的唐诗读本,都绕不开王绩。

王绩生于隋末唐初,文学史上一般把他列为最早的唐朝诗人。

《唐才子传》中,他是第一个被介绍的人物。

叶嘉莹、施蛰存两位先生的著作里,都把他的《野望》作为"开篇第一讲"。

王绩的家庭,算不上豪门贵族,但绝对是书香门第。

父亲王隆,是国子监博士,曾向隋文帝进献七篇《兴衰要论》,"言六代之得失",深得天子好评。

兄长王通,是鼎鼎大名的隋末大儒,辞官归隐后,以著书讲学为业,不仅为大唐朝廷输送了好几任宰相,还将孙儿王勃培养成了初唐最耀眼的文坛新秀。

至于王绩,更是天赋异禀,才华横溢,能言善辩,博闻强识。十五岁时,便在越国公杨素的府中,以天才般的机智和聪敏征服满座嘉宾,被誉为"神仙童子"。

> 年十五,游长安,谒杨素,一坐服其英敏,目为神仙童子。
> ——《唐才子传》

能在杨府做客的,不是皇亲国戚,也是达官贵人,他们稍微一宣传,年纪轻轻的王绩很快就名震长安。

三

果然,在随后的选官考试中,王绩表现突出,以高分中举,被朝廷任命为秘书正字。

刚进体制就能留京任职,这应该是很多考生梦寐以求的事。

但王绩似乎很不乐意,没过多久便以水土不服、身体不适为由,申请到地方担任县丞。

到了扬州六合,他是每餐一小饮,每日一大醉,整天迷迷糊糊,不理政务。

他的散漫作风,毫无疑问地激怒了一众同僚。

各种检举信,雪花般地飞向扬州和京城。

知县大人找到王绩,一番口干舌燥、语重心长地叮嘱后,王绩只回了一声苦笑:"网罗在天,吾且安之?"

这天地如同罗网,到处都有束缚,哪里才是我的安身之地?

当天晚上,王绩就跳上一只小船,逃回老家,从此写诗作文,耕田种地,日出而作,日落而息。

四

唐朝立国后,李渊下旨征用前朝官员,王绩被召进门下省等待诏命。

按照惯例,待诏的官员每日可享用美酒三升。

弟弟写信问他:"怎么样,在京城过得快乐吗?"

王绩回复:"这里房价高,工资低,但好在能够畅饮美酒,还是值得留恋的。"

侍中陈叔达听说后,很欣赏王绩的真性情,主动将美酒的供应量由三升改为一斗。

王绩"斗酒学士"的雅号,便由此流传开来。

贞观初年,王绩辞官养病,在家闲居多年。

再次被起用时,他听说太乐署的长官焦革酿酒技术高超,"三日开瓮香满城,点点滴滴皆香醇",便自请担任太乐丞。

因为品级不够,吏部当场拒绝了他的要求。

王绩依然言之切切:"这是我唯一的愿望,请一定恩准!"

不知道是哪个环节出现了"奇迹",朝廷最终还是答应了他的请求。

到太乐署报到的第一天,焦革便带上自家酿造的美酒,与王绩喝了个天昏地暗。

此后,王绩就成了焦府的常客,天天和顶头上司一起,围炉煮酒,促膝言欢,却两口不谈朝中事,一心只喝杯中物。

那段时间,喝酒为主、上班为辅的王绩,简直爽得一塌糊涂。

即便焦革去世,他的妻子依然会备上好酒,定期送到王绩家中。

但一年之后,焦太太病故,王绩再也喝不到原汁原味的焦氏大曲。

他伤心欲绝,仰天长呼:"苍天哪,你为什么要逼我戒酒、断我的活路?"

没了好酒,工作便失去动力,生活也毫无意义,王绩再次递上辞呈,回到故里。

五

在老家,王绩建起杜康祠,尊杜康和焦革为师,并仿照他们的技艺,制作佳酿,编写酒谱,被当时的大道士、《推背图》的作者李淳风誉为"酒界的司马迁"。

远亲近邻,只要有人以酒相邀,不管高低贵贱,他都会欣然前往。

好友杜之松担任刺史时,邀请王绩前去讲授礼法。

他却一声冷哼:"我岂能到堂堂的刺史府上,去谈论糟粕,而弃美酒于不顾!"

回绝得这么直白,杜大人很是无奈,此后逢年过节,他都会酒肉相赠,以巩固这段塑料兄弟情。

王绩在豪饮之余,写下不少与酒相关的诗文,极言酿酒之妙和饮酒之乐:

浮生知几日,无状逐空名。
不如多酿酒,时向竹林倾。

——《独酌》

浮生如梦,转瞬即空,与其惦记浮名,不如学习"竹林先贤",大好时光,一起酿酒去吧!

阮籍醒时少,陶潜醉日多。
百年何足度,乘兴且长歌。

——《醉后》

王 绩

自古圣贤皆善饮，阮籍陶潜羡煞人。匆匆百年，如何度过？乘兴举杯，对酒当歌！

> 洛阳无大宅，长安乏主人。
> 黄金销未尽，只为酒家贫。
> 此日长昏饮，非关养性灵。
> 眼看人尽醉，何忍独为醒。
>
> ——《过酒家》

畅饮不止，酒醉不醒，无关修身与养性。众人皆醉你独醒，才是对生活的大不敬。来吧，干杯！

王绩如此爱酒，而且酒量大得出奇，据说能喝五斗不醉。他擅长连续作战，每喝必要喝到醉，醉了就倒地而睡，醒来后又继续举杯……

于是，退休后的老王，又多了一个"五斗先生"的雅号：

> 生何足养，而嵇康著论；途何为穷，而阮籍恸哭。故昏昏默默，圣人之所居也。
>
> ——《五斗先生传》

嵇康谈养生、阮籍哭穷途，纯属多余。长醉不醒，才是圣人之态。

果然是大唐第一酒徒啊，这风范、这腔调，恐怕连一百年后的李白，也自叹不如。

六

那么问题来了,王绩为何如此嗜酒?

是生来如此,还是性格所致,又或是形势所逼,不得已而为之?

这个谜底,在他的代表作《野望》中,或许能够略窥一斑:

> 东皋薄暮望,徙倚欲何依。
> 树树皆秋色,山山唯落晖。
> 牧人驱犊返,猎马带禽归。
> 相顾无相识,长歌怀采薇。
>
> ——《野望》

已是迟暮之年,却功名未就、事业未成。

眼见树树秋色,漫山晚霞,还有手牵牛羊的牧人,以及满载而归的猎户,一种生命落空之感,油然而生。

"三仕三隐"的王绩,走走停停,举棋不定,总在追问"徙倚欲何依",该"兼济天下",还是"归隐山林"?

人来人往,相顾无相识,心头的这份徘徊与矛盾,竟不知该说给谁听。

此刻,只能仰天长啸,然后像伯夷、叔齐一样,隐入深山。

如果要用两句话来总结王绩的性格和生平,那应该是纠结又任性,潇洒一时却落魄一生。

王绩曾写过一篇《自撰墓志铭》,称"有道于己,无功于时",在道德修养上有所收获,在建功立业上却无甚作为。

他无意进取,贪杯嗜饮,认为酒"可以全身,杜明塞智",只想在乱世中做一个"难得糊涂"之人,以保全自身。

但又抱怨时运不济,"才高位下","天子不知,公卿不识,四十五十,而无闻焉",被迫"退归,以酒德游于乡里"。

这样看来,该"仕"还是该"隐",该"醉"还是该"醒",连王绩自己都难以说清。

其实,不止王绩,从陈子昂到孟浩然,从李白到王维,从孟郊到贾岛,这两个问题,始终都困扰着大唐的读书人。

答案只有两个字:无解。

贺知章

以最硬核的实力,过最圆满的人生

我是人间自在客

一

天宝三年，正月初五。

当朝天子李隆基在长安东门，为告老还乡的贺知章设宴送行。

站在玄宗身后的，有太子李亨，左相李适之，右相李林甫，以及三十多位"六卿庶尹大夫"。此外还有李白与卢象，两人职位虽然不高，却是文坛大佬，与老贺私交极好，也作为特邀嘉宾，盛装出场。

如此豪华的"全明星"阵容，可以说空前绝后了。

更大的惊喜，还在后面。

别以为饯行，就是吃吃喝喝。尤其在泱泱盛唐，酒过三巡之后，必有诗文唱和。

果然，天子率先垂范，即兴赋诗一首：

> 遗荣期入道，辞老竟抽簪。
> 岂不惜贤达，其如高尚心。
> 寰中得秘要，方外散幽襟。
> 独有青门饯，群僚怅别深。
>
> ——李隆基《送贺知章归四明》

爱卿啊，你淡泊名利，一心向道，朕都能理解，但还是有点舍不得啊。

款款深情，感人至深。

话音刚落，群臣纷纷响应，"+1、+1、+1……"

转眼便有数十篇同题的《送贺监归会稽》，抑扬顿挫的吟咏声里满是离情别意。

玄宗命人当场整理，合编成册，然后亲自作序，再题上卷名，为老贺送上了一份沉甸甸的退休纪念品。

不得不说，天子的这一波操作着实很有心，既给面子，又显温情，让耄耋之年的贺知章感动得老泪横流，连连谢恩。

那么问题来了，都说"伴君如伴虎"，稍不留神就会危及身家性命。贺知章做过天子近臣，也当过东宫属官，他的结局凭什么可以如此圆满？

这得从八十年前说起了。

二

高宗显庆年间，贺知章出生于越州永兴。

得益于家族的优秀基因，他从小便聪慧过人。不仅博闻强识，满腹经纶，而且为人豪爽，性格坦荡，在小伙伴们眼里，他几乎就是全村的希望。

表弟陆象先更是对他崇拜至极，多次公开声称："贺兄文采风流，言论倜傥，一日不向他学习，我都鄙视我自己！"

> 象先尝谓人曰:"季真清谭风流,吾一日不见,则鄙吝生矣。"
>
> ——《新唐书·贺知章传》

当然,作为一个小迷弟,陆象先对偶像的支持,绝不是说说而已。

695年,三十七岁的贺知章进士及第,成为江浙地区有历史记录的第一位新科状元。随后,他被分配到国子监,负责教授贵族子弟。闲暇之时,常常呼朋引伴,宴饮作乐,诗文唱和,尤其与来自江南的同乡打得十分火热。

很快,他便和包融、张旭、张若虚等人并称为"吴中四士",一个"京城F4"横空出世。

贺知章的终极目标,不是诗与远方,而是封侯拜相。

他原以为,国子监只是跳板,只要机会来临,他必能腾空而起、直上青云。

但做梦都没有想到的是,整整十八年,他的职位和品级就如同压在五行山下的孙悟空,纹丝未动。

711年,陆象先加授同平章事。就任后,他向玄宗举荐的第一个人才,便是表兄贺知章。

有了陆相爷的提携,贺先生的仕途才算有了质的飞跃。短短五年间,就从国子监教员,变身为门下省的起居郎,专门负责记录朝政大事和皇帝日常。

不久,贺知章又获重任,进入陕王府,陪五岁的李亨读书。李亨是谁?后来的肃宗是也。从此,贺知章与玄宗父子的关系,迈入了长达三十年的蜜月期。宴请群臣,将士出征,大典礼成……凡是国家层面的重要活动,必然都有贺知章的身影。至于封禅祭天这类顶级的皇家盛事,李隆基更是把他带在身旁,视为贴身顾问、行走的智囊。

三

封禅无小事。时间、人员、地点、流程,都必须再三讨论、反复确认。

中书令张说,第一个进言:"乾封时,高宗携武后、韦氏,于泰山之下祭天。妇人升坛,亵渎苍穹,有辱圣灵,吾朝万不可为。"他认为,后来李唐换代,江山易主,皆因后宫参与封禅。

身为一国之君,李隆基最忌讳的,当然就是重蹈李治覆辙。他在潜意识里对高宗封禅的所有流程肯定都极为抵触,不愿带嫔妃参加,也不想在山下祭祀。

但张说的言论,似乎又小了格局、失了胸怀,与万国来朝的盛唐气象不符,不宜作为公开的理由。

这时候,贺知章站了出来:"君、臣祭祀的对象不同,各有各的位置,理应一个在山上,一个在山下。"

> 昊天上帝,君位;五方时帝,臣位……帝号虽同,而君臣异位。陛下享君位于山上,群臣祀臣位于山下,诚足以垂范来叶,为变礼之大者也。
>
> ——《旧唐书》

很明显,贺知章的话比张说的要中听,既没有提及武后,伤到老李家的自尊,又给了玄宗一个充分的理由,完美错开高宗的封禅流程。

玄宗极为高兴,当场就做了回应:"朕正欲如是,故问卿耳。"

还是贺爱卿,最懂朕的心。

四

726年,备受玄宗信任的贺知章却摊上了一件大事。

岐王李范病逝,贺知章时任礼部侍郎,负责操办丧事。按照规定,亲王级别以上的官员出殡,需要在贵族子弟中选拔一批"挽郎",扶灵柩、唱挽歌。

虽是抬棺材的活,但有了这个经历,事后就可以绕过科举考试,直接获得做官资格。

这可是一条捷径。

所以,每逢皇室治丧,京城的权贵子弟都会动用资源,多方打点,争取成为"挽郎"一员。

岐王既是高端名流,又是文艺发烧友,生前便圈粉无数。他的丧礼格外引人注目,参与"挽郎"竞选的人多不胜数。

名额终归有限,贺知章即便绞尽脑汁,百般权衡,也无法满足所有人。

丧事刚刚结束,落选的人就围住了贺府大门,抗议质询之声响彻半个京城。

贺知章

公子王孙、天子脚下、群体集聚……这些关键词,如果被好事之人得知,肯定会炮制一场巨大的负面舆情。倘若因为这件小事影响了朝廷威信,还有天子的心情,贺知章必然乌纱难保、老命堪忧。

可岐王已经出殡,总不能让他死两次吧?贺知章有什么办法,他也很绝望啊!但大门紧闭,躲在屋里,总不是长久之计。

无奈之下,他只得搭上梯子,爬上墙头,大声告诉众人:"听说宁王也快不行了,你们还有一次机会,赶快回去准备!"话音刚落,屋外的小青年果然四散开去,瞬间没了踪迹。

一场风波,总算暂时得以平息。

但事情还没完,正值壮年的宁王其实并无大恙,几服汤药下肚之后又是身体倍棒,吃嘛嘛香。

这就尴尬了。

贺知章办事不力,还诅咒玄宗最为敬重的亲王,简直胆大包天,罪无可恕。文武百官,都在等着看他的笑话。但作为惩罚,皇帝只是下了一道诏书,将他平调为工部侍郎。

仅此而已。

果真,这大唐官员无数,玄宗就偏偏宠他一人。同僚们满是嫉恨,却也一致认为,贺知章迟早会封侯拜相。

不过他们又猜错了。

五

737年,因李林甫栽赃陷害,"开元名相"张九龄被贬为荆州长史。

这可不是一件寻常的降职事件。

张九龄气度不凡、胆识过人,很长一段时间里玄宗都视他为股肱之臣,百般倚重,千般信任。

但到了开元后期,皇位坐久了,成绩也有了,玄宗在政事上渐渐有所懈怠。忠君心切的张九龄便频繁上书言事,不是分析利弊得失,就是引荐贤德之士。

玄宗终是不胜其烦,又轻信李林甫的谗言,一怒之下便将他赶出了长安。

劣币驱良币。天下有识之士,无不为之心寒。

而张九龄被贬、李林甫专权,也被后世认为是唐朝由治到乱、由盛转衰的分界线。

> 明皇初任姚崇、宋璟、张九龄为宰相,遂致太平。及李林甫用事,纪纲大坏,治乱于此分矣。
>
> ——宋·吴中复

年近八旬的贺知章,早就觉察到了危险。身为正三品的太子宾客、秘书监,朝堂之上的他谨小慎微,如履薄冰,并刻意远离风暴、避开漩涡。公务之余,他开始放飞自我,自号"四明狂客",终日流连里巷,纵酒放歌。仕途上未见丰功伟绩,推杯换盏之间,倒留下不少佳话。

贺知章

六

在紫极宫，贺知章偶遇李白，见他言谈举止接近于行为艺术，不禁大为叹服。

读了《蜀道难》和《乌栖曲》后，更是惊呼："此诗可以泣鬼神矣！""简直就是仙人下到凡间！"

立刻拉着李白，走进街边酒楼，解下腰间金龟，换来美酒，一醉方休。

有三品大员站台背书，李白顿时名震长安，不仅喜提"谪仙人"的称号，还受到玄宗召见，成为翰林供奉。

这份知遇之恩，李白一直铭记在心。多年后，他得知贺知章仙逝，自是伤心不已，怅然若失，"金龟换酒处，却忆泪沾巾""念此杳如梦，凄然伤我情"。

在京郊的深山，贺知章路经袁氏别业，深爱其间的花草林泉，便径自走入院中，与素不相识的主人坐在亭间，相谈甚欢。

一时兴起的贺知章还主动提议："听说美酒和美景更配哦……"

主人一愣，半晌没有反应。

贺老先生连忙掏出银两，朗声笑道："别担心，咱不差钱！"

主人这才明白过来，立刻返回屋中，拿出陈年佳酿，与贺知章把酒言欢，直至日暮西山：

> 主人不相识，偶坐为林泉。

> 莫谩愁沽酒,囊中自有钱。
>
> ——《题袁氏别业》

无酒不欢的贺知章还有一个习惯,酒兴未过,诗兴又来,即便烂醉如泥,也会奋笔疾书,文不加点,洋洋洒洒,瞬间便成数千言。

加之精于书法,尤善草、隶,每次酩酊大醉之时,都有一群文艺青年,备好笔墨纸砚,请他赋诗题字。

贺知章来者不拒,乐此不疲,即兴而就的诗文,在长安城内广为流行,大受欢迎。

当然,托老杜的福,资深"酒鬼"贺知章最让人津津乐道的画面,还是"骑马似乘船,落井水底眠"。

难怪他如此欣赏李白,原来他自己也是这个范儿。

据考证,杜甫的《饮中八仙歌》最早写于天宝五年,那时贺知章早已离开了京城。

果然是个牛人,哥不在江湖,江湖依然有哥的传说。

七

743年,八十五岁的贺知章突然大病一场,昏迷不醒。

恍惚中,他梦见自己遨游天宫,与众仙谈玄论道,物我两忘,自在逍遥。醒来后,他终于明白,潜心修道,自悟自渡,才是生命最好的归宿。

不待身体痊愈,贺知章就递上辞呈,告老还乡,并请求朝廷赏

赐镜湖数顷，用作放生池。玄宗不仅当场恩准，还将他的儿子提拔为会稽司马，以便就近照顾老父亲。

就这样，除夕刚过，贺知章便叩谢天子，回到了越州。双脚踏上故土的那一刻，他百感交集，情难自已：

其一
少小离家老大回，乡音无改鬓毛衰。
儿童相见不相识，笑问客从何处来。

其二
离别家乡岁月多，近来人事半消磨。
惟有门前镜湖水，春风不改旧时波。

——《回乡偶书》

留得住乡音，是人之常情；留不住光阴，是生命的必然。对于已经衰老的容颜，贺知章倒不觉得过分伤感。但身旁嬉闹的孩童，竟把他当成了外乡人。这可就扎心了！

故乡还是那个故乡，却没有故人在身旁。五十年的时光，如白驹过隙，和岁月一起流逝的，还有逐渐消磨的人和事。

春风亘古不变，镜湖绿水长流，心中纵有万言，又有何人可诉？看来一生富贵、功成身退的贺知章，也无法坦然面对物是人非的沧桑和年岁迟暮的孤独。

就在回到越州的当年，贺知章病逝，享年八十六岁。

八

碧玉妆成一树高，万条垂下绿丝绦。
不知细叶谁裁出，二月春风似剪刀。

——《咏柳》

独具匠心，浑然天成，字里行间，春意盎然。

和《回乡偶书》一样，《咏柳》也被编入了小学教材。贺知章传世的作品并不多，但这两首小诗足以让他在高手如林的大唐占有一席之地。

其实，对于老贺来说，比诗文更出彩的是他沉稳且睿智的人生。

他向往建功立业，渴望经世济时，却没有急功近利，更没有蝇营狗苟。从最末端的国子监助教，到正三品的秘书监，他整整用了五十年。

一步一个脚印，走得很慢，也很稳。

贺知章久未升迁，连时任宰相的张九龄都觉得有些惭愧。

张相爷离开京城之时，曾当面向他致歉。没有想到的是，老贺却对他感激不尽。张九龄一脸不解。

贺知章笑称："相公与我，同为南方人。自你进入朝堂，无人敢骂我为獠。现在相公远走荆州，他们的鄙视，我只能独自承受。"

虽是戏说之语，却也温暖人心。

这种为官处世之道，让他在朝堂上下颇受好评。

贺知章去世后被追封为礼部尚书，肃宗在诏书中更是不吝褒扬

之词,称他"因谈谐而讽谏"。

历史上许多耿直的大臣都是用生命在进言,贺知章却能在谈笑间说出别人不敢说也说不好的话,而且皇帝还爱听。

这情商,必须一百分。

天宝后期,李林甫重用酷吏,清除异己。短短数年之间,李适之、韩朝宗、韦坚、杨慎矜,这些曾经的天子重臣,不是流放出京,就是死于非命。

唯有贺知章,借着盛唐最后一抹余晖,在风浪袭来之前,隐于镜湖之滨,修道诵经,行善放生,平静且安稳。

但行好事,不问前程;人情练达,世事洞明。

这便是贺知章,以最硬核的实力,过最圆满的人生。

孟浩然

> 我得了一种病,叫选择困难症

我是人间自在客

一

大唐开元年间,京城长安。

书生孟浩然,正站在皇榜前,几乎是以力透纸背的目光,将榜单扫描了几十遍。

遗憾的是,一直没有找到自己的姓名。

他还是不愿相信,再次踮起脚尖,又搜索了一番。

唉——终究是名落孙山。

孟浩然沮丧到了极点,无精打采地走回客栈,一边喝酒解闷,一边思考人生:"下一站,南山,还是长安?"

没有登上金榜,肯定无颜还乡,究竟是归隐山林,闲度余生,还是留在京城,继续谋求功名?

这是一个难题。

不,对孟浩然来说,这就是一道无解之题。

二

孟浩然的家,在襄阳。

很小的时候,他就听长辈们说起,家乡的名山大川里,既走出过宰辅之臣,也诞生过布衣名士,比如伍子胥、宋玉、庞德公、马良……

从此,"入世"和"出世"的思想,便开始交替左右他的人生。

其中,对孟浩然影响最大的,是东汉著名隐士庞德公:

> 昔闻庞德公,采药遂不返。
> 金涧饵芝术,石床卧苔藓。
> 纷吾感耆旧,结揽事攀践。
> 隐迹今尚存,高风邈已远。
> 白云何时去,丹桂空偃蹇。
> 探讨意未穷,回艇夕阳晚。
>
> ——《登鹿门山》

或许正因如此,在本应埋头苦读、备战科举的年纪,他却效仿先贤,一头扎进鹿门山,将种树养花、品茶垂钓的时间提早了几十年:

> 山寺钟鸣昼已昏,渔梁渡头争渡喧。
> 人随沙岸向江村,余亦乘舟归鹿门。
> 鹿门月照开烟树,忽到庞公栖隐处。
> 岩扉松径长寂寥,惟有幽人自来去。
>
> ——《夜归鹿门山歌》

明月,深山,清冷的岩壁,寂寥的林间小径,还有一个独来独往、宛若孤鸿的身影。

孟浩然的笔下,没有鲜衣怒马、繁花似锦,只有云淡风轻、松涛阵阵。文字的内容和风格,都与他的年龄极不相符,唯一的解释就是,他对隐居生活,确实热爱之至。

> 北山白云里,隐者自怡悦。
> 相望试登高,心随雁飞灭。
> 愁因薄暮起,兴是清秋发。
> 时见归村人,沙行渡头歇。
> 天边树若荠,江畔洲如月。
> 何当载酒来,共醉重阳节。
>
> ——《秋登兰山寄张五》

站在山顶,远远望去,天边的树木,矮小得像是荠菜;江边的沙洲,宛如天上的圆月。

什么时候你才能带着美酒而来,等到重阳佳节,咱们一醉方休。

孟浩然的山野之乐,恬淡、悠闲,超凡脱俗。

只要他愿意,做一辈子的隐士,应该都没有问题。

三

孟浩然的想法,其实并非如此单一,花开花落、云卷云舒之余,偶尔也会壮志飞扬:

孟浩然

> 吾与二三子，平生结交深。
> 俱怀鸿鹄志，昔有鹡鸰心。
> 逸气假毫翰，清风在竹林。
> 达是酒中趣，琴上偶然音。
>
> ——《洗然弟竹亭》

竹林为伴，清风为邻，既可尝到酒中趣，又能听见琴上音，这该是神仙般的生活，但"鸿鹄志"三个字，已然道出举杯邀月的孟浩然，也有一颗不甘平淡的心。

整个青年期，他的思想和生活都是以隐逸为主，不是"耕钓方自逸，壶觞趣不空"，就是"垂钓坐磐石，水清心益闲"。但在某些特定的时刻，他的心里也会荡起一丝涟漪。

712年，多年至交张子容赴京赶考，孟浩然写诗送行：

> 夕曛山照灭，送客出柴门。
> 惆怅野中别，殷勤岐路言。
> 茂林予偃息，乔木尔飞翻。
> 无使谷风诮，须令友道存。
>
> ——《送张子容进士赴举》

我只想安安静静，隐居深林，但愿你能展翅高飞，大展宏图。

虽然离我而去，但我不会责怪你，这份珍贵的友情，依旧长存于心。

我是人间自在客

孟浩然嘴上很客气,心里必定百感交集。惆怅、失落之余,他对自己坚持隐逸的正确性,已经产生了怀疑。

几年后,孟浩然路经岳阳,眼见洞庭湖的开阔雄浑,不禁热血沸腾。思虑再三,他决定向曾经担任宰相、现为岳州刺史的张说[yuè],写诗投赠,以求举荐:

八月湖水平,涵虚混太清。
气蒸云梦泽,波撼岳阳城。
欲济无舟楫,端居耻圣明。
坐观垂钓者,徒有羡鱼情。

——《望洞庭湖赠张丞相》

只是张相爷刚刚被贬,就算真心赏识,也是爱莫能助(一说此诗中的张丞相为张九龄)。

干谒失败后,孟浩然的内心越来越不淡定。

一会儿嗟叹"三十既成立,吁嗟命不通",过了而立之年,仍然一事无成。一会儿感伤"谁能为扬雄,一荐《甘泉赋》",才华已经准备完毕,就差千载难逢之机。

加上母亲日渐年迈,生活捉襟见肘,再这么下去,自己平庸至死不说,连最基本的孝道都无法尽到。这可是古代读书人,最不能忍受的耻辱。

已近不惑之年的孟浩然终于下定决心,要前往京城,求取功名。

孟浩然

四

即便在赶考的路上,孟浩然依然不改本色,极度纠结。时而自信满满,志在必得,"余亦赴京国,何当献凯还",时而左顾右盼,止步不前,"客愁空伫立,不见有人烟"。

正是这般犹豫不决、举棋不定,才导致后来的孟浩然在机会面前连连翻船。

开元年间,他在文坛已经极负盛名,刚到长安,就与张九龄、王昌龄、王维等一众大咖互动频繁,极为亲近。

这年秋天,中书省搞团建,除了政坛新秀,还邀请了不少文艺名流。

压轴节目是"即景联句",以眼前的人、景、物,即兴创作诗句。

轮到孟浩然了,他脱口吟出:"微云淡河汉,疏雨滴梧桐。"

用语虽平淡,意境却悠远。

在场之人,对孟浩然无不另目相看,甚至"咸搁笔,不复为继"。

巅峰已现,再继续联句,纯属浪费时间。

一夜之间,中书省联句的事情,刷爆了京城的朋友圈。

真是天助孟浩然。因为当时科考的试卷不密封,谁的名气大,谁就赢在了起跑线。

孟浩然也欣喜若狂,以为这次考试自己必定能上榜,要是运气好的话,还能考个状元郎。但他高兴得略早。

考试的题目,除了诗文,还有策论,需要点评时事,模拟参政议政。

这就是孟浩然的短板了。他隐居大半生,写出来的策论,基本上是纸上谈兵。

结果,毫无意外地被判为末等。

五

名落孙山后,孟浩然又犯了选择困难症。

在客栈,一整个下午,他都在来回踱步。最后,还是决定留在长安。万一还有机会呢?

这不,前任宰相张说回京复职了。

张说很快就在皇帝面前举荐了孟浩然。孟浩然应召觐见。

刚开始,玄宗还极为期待:"朕听说过你,赶快吟诵两首新诗吧!"

孟浩然激动得不知所措,张口就来:"北阙休上书,南山归敝庐。不才明主弃,多病故人疏。"

别再上书朝廷了,回到南山的茅屋吧。没有才华,再圣明的天子都会嫌弃你。穷且多病,即便是老朋友,也越来越疏远了。

好一个孟浩然,竟敢当着天子的面,发泄落榜的不满。

玄宗果然满脸铁青,一声冷哼:"胡说八道!朕从未见你上书,谈何罢黜?你自己考不上,怪朕咯?!"

孟浩然吓得浑身发颤,跪拜在地,半晌都不敢呼吸。

这次面试,他虽然没有获罪,但触怒了天威,也就断送了前程。

"黄金燃桂尽,壮志逐年衰。日夕凉风至,闻蝉但欲悲",万念俱灰的孟浩然，只得回到襄阳，继续放旷山林，读书习文。

六

734年，玄宗下旨，让各地举荐贤才。

襄州刺史韩朝宗，费了九牛二虎之力，才为年近五旬的孟浩然争取到了一个机会，并约好时间进京面圣。

不知道是心里有阴影，还是决心不够坚定，临出发前，孟浩然找来一帮朋友，想听听他们的意见。

一边喝酒，一边聊天，喝到兴奋处，他突然又觉得：人生啊，快乐就好，功名啊，根本不重要！

朋友提醒孟浩然："少喝点，你还要进京呢。"

他却勃然大怒："别跟我提这事，喝痛快了再说！"

最后，酒是喝痛快了，机会也喝没了。

至此，孟浩然的求仕之路，彻底画上了句号。

六年后，他以布衣之身，终老于汉江之滨，是年五十二岁。

七

古代的读书人，在"仕"和"隐"之间，一般会有四个选项：

"圣之任者"，不管帝王如何残暴，朝纲何等无道，都会挺身而出，担当大任，造福苍生。比如伊尹。

"圣之清者"，视自身清白为第一要务，坚守原则，至死不渝。

比如伯夷。

"圣之时者"，审时度势，该隐则隐，该仕则仕。比如孔子。

以上三项都不是。比如孟浩然。

他既没有做到"任"，也没有做到"清"，更谈不上"时"。

该求仕的时候归隐，隐了两年又不甘心，总是左摇右摆，举棋不定，然后阴差阳错，与各种机会擦肩而过。最终，他用毕生的犹豫和徘徊，纠结与任性，活成了后世文人心中"仕隐两失"的反面典型。

可惜了，老孟。

李白

如果读书有用,为什么我一事无成?

一

唐朝诗人的第一把交椅,肯定是李白。

天赋异禀,满腹经纶,"笔落惊风雨,诗成泣鬼神",在文坛一直都是好评如潮,粉丝无数。

但作为一个读书人,他毕生都未获取功名,更没有官居宰辅、位极人臣,在政治上的作为接近于零。按照世俗之见,这属于一事无成。

天宝年间,李白"奉诏入京",唐玄宗"降辇步迎""亲手调羹",让他风头出尽。但最终只是供奉翰林,成为"高级艺人",陪贵妃饮酒听曲,为天子吟诗作文,而且很快就被"赐金放还",并没有像他期望的那样,担当大任,造福苍生。

"大道如青天,我独不得出",失落的李白,写下很多苦闷的诗句:"人生在世不称意,明朝散发弄扁舟""总为浮云能蔽日,长安不见使人愁"。

文字成了经典,流传甚广。但李白的仕途,始终没有任何改变。

所有人都替他感到惋惜、悲哀甚至愤怒,为什么一个千年不遇的天才,却止步于庙堂之外,沦落于草莽之中,病死于江河之间?

与超群绝伦的文学才华相比,李白在政治上的成就几乎可以忽略不计,这究竟是哪里出了问题?

是怀才不遇,报国无门,还是能力有限,性格使然?

或许只有重温他的诗文,研究他的经历,才能揭开谜底。

二

毫无疑问,李白是个全才。

在文学方面,无论是自评,还是他评,都堪与司马相如并称:"十五观奇书,作赋凌相如""三十成文章,历抵卿相""此子天才英丽,下笔不休……若广之以学,可以相如比肩也"。

李白学过剑术,喜欢游侠,出门必带的,除了手中折扇,还有腰上的宝剑:"十五好剑术,遍干诸侯""腰间延陵剑,玉带明珠袍"。

在他的诗文中,甚至还有过杀人的记录:"托身白刃里,杀人红尘中。"

魏颢写的《李翰林集序》,也验证了他的剑术:"少任侠,手刃数人。"

文武双全的李白,感兴趣的东西远不止这些。

"五岁诵《六甲》,十岁观百家""学道三十春,自言羲和人"。

《六甲》是道教书籍,"羲和"位列仙班,李白终其一生,对修仙炼道都极为虔诚。

在江陵,著名道士司马承祯当场夸他"仙风道骨"。在长安,贺知章见了之后,更是惊为"谪仙人"。

此外,他在四川时,还跟随赵蕤[ruí],学习集哲学、政治、经济、军事、外交等百科学说于一体的帝王纵横之术。

甚至冯梦龙在小说中,还说李白精通蛮语,仅用一篇檄文,就让觊觎大唐河山的渤海国知难而退,从此不敢再犯。当然,故事的真实性有待考证,但李白博览群书、兼采百家,却是相当可信。

至少,以他的知识储备,承担普通的公务绰绰有余。

三

叶嘉莹先生曾说,用一个词来形容李白,那就是"不羁",不受拘束,没有任何条条框框可以限制他的言行和思想。

在所有的诗歌体裁中,李白写得最少的,就是约束最多的七律。戴着镣铐跳舞的事,他绝对没有兴趣。

在为人处世上,李白"不羁"的特点,尤为明显。

开元年间,他游学渝州,曾去拜会刺史李邕［yōng］。李邕博学多才,素负美名,而且慧眼识珠,乐于提携后进。

但年轻气盛的李白,却在李府高谈阔论,一会儿自比谢安,一会儿自比苏秦,好像中书宰辅都比不过他这个青年才俊。

不知是出于一片好心,还是不喜欢李白的过度自信,李邕满脸正色地提醒:"年轻人,低调,才是成功之道!"

正在兴头上的李白,听闻此话,顿觉尊严和才华受到了碾轧和践踏,当场赋诗一首,然后扬长而去:

大鹏一日同风起,扶摇直上九万里。

假令风歇时下来,犹能簸却沧溟水。

李 白

> 时人见我恒殊调,闻余大言皆冷笑。
> 宣父犹能畏后生,丈夫未可轻年少。
>
> ——《上李邕》

大鹏的能量,超乎想象。动能扶摇直上,停可簸却沧浪。

你们不要用异样的眼光,衡量我的非同寻常。孔子都说后生可畏,大丈夫别瞧不起年轻人!

明明是来拜码头的,李白的腰身,却挺得比旗杆都直。

什么世俗礼仪,都见鬼去吧!

(一说此诗写于天宝年间,李白在山东拜谒李邕之时。时间不同,但场景类似。)

四

从王绩开始,唐朝的诗人大多嗜酒如命,李白更是如此。

很多次,他都因为喝酒,耽误了正事。

在安陆,他醉眼朦胧中,撞上了李长史的车队,差点被拿下治罪;在荆州,他几杯热酒下肚,又"误拜"韩朝宗,被长官当众责备。原本,这两位刺史大人都是李白干谒的对象。

如此一闹,自然谁都不会再帮他的忙。

即便到了长安,供奉翰林,李白依然举杯痛饮,完全不顾圣命在身,终因浪迹纵酒、不拘礼法,被赶出京城。

唐朝段成式的《酉阳杂俎〔zǔ〕》,还有李肇的《唐国史补》,

都记载过同一件事：

　　李白待诏翰林，终日豪饮，玄宗召令填词，他却醉得不省人事。

　　宦人用冷水浇面，他才逐渐清醒，然后接过纸笔，十几篇新作，一挥而就。

　　天子相当满意，当场就赐他入座。

　　没有想到的是，趁着玄宗高兴，李白竟伸出双腿，让高力士帮他脱靴。

　　玄宗点头应许，老高气到无语，太白却若无其事，继续光着脚丫，谈诗论赋，唱歌听曲。

　　高力士可是天子最亲近的人，就是宰相见了，也得礼让三分。

　　李白虽然诗名极盛，堪比文曲星，但在偌大的皇宫里，不过是个职场新兵，就敢对高力士如此不敬。

　　他这种稍微有点优待就会用到极致的做派，以及恃才傲物、目中无人的个性，迟早会堵死仕进之门。

　　果然，"力士脱靴"这件事，让玄宗极为不满。他开始重新评估李白，结论是"此人固穷相""非廊庙器也"。

　　一副穷酸相，没见过世面，成不了大器。

　　等等，这不应该是评价孔乙己的吗？怎么可以用在诗仙的身上！

　　唉，此处无比心疼李白。

　　才过了几个月，玄宗就随便找了个理由，以"赏赐万金"的规格，相当"体面"地送走了李白。

五

"安史之乱"后,玄宗逃到四川,肃宗李亨在灵武即位,永王李璘手握重兵,在中原与叛军决战。

就在这个时候,李白犯下了一个几乎致命的错误。

他加入了永王的幕府。

年近花甲的李白,爱国热情空前高涨,一到永王的队伍,就奋笔疾书,为正义之师鼓与呼:

其一

永王正月东出师,天子遥分龙虎旗。

楼船一举风波静,江汉翻为燕鹜池。

……

其三

雷鼓嘈嘈喧武昌,云旗猎猎过寻阳。

秋毫不犯三吴悦,春日遥看五色光。

其四

龙蟠虎踞帝王州,帝子金陵访故丘。

春风试暖昭阳殿,明月还过鳷鹊楼。

……

其十

帝宠贤王入楚关,扫清江汉始应还。

初从云梦开朱邸,更取金陵作小山。

其十一

试借君王玉马鞭,指麾戎虏坐琼筵。

南风一扫胡尘静,西入长安到日边。

——《永王东巡歌》

十一首《永王东巡歌》,一气呵成,大气磅礴,却充分暴露出李白这个文学天才政治能力上的严重不足。

其五

二帝巡游俱未回,五陵松柏使人哀。

诸侯不救河南地,更喜贤王远道来。

——《永王东巡歌》

永王拥兵自重,开始不听天子号令,李白却称"二帝巡游""诸侯不救",只有李璘才是贤王。

那么请问李大学士,你置玄宗、肃宗于何地?

其实,李白作诗的风格一贯如此,不管写人还是写物,夸张起来都会惊世骇俗。

问题是,肃宗皇帝可不这么想。

果然,永王兵败后,李白立刻获罪,被流放至夜郎。幸运的是,次年朝廷新立太子,大赦天下,他才捡回一条命。

相比之下,杜甫要幸运得多,听说肃宗即位,他立刻"穿越火线",几经辗转,差不多是一路乞讨,才赶到灵武。他以满腔赤诚,

感动了肃宗李亨,终于在有生之年,当上了朝廷任命的"京官"。

有人说李白没有政治远见,不该上李璘的贼船。这算是苛求了。

大乱之时,他正隐居庐山,一心问道求仙,难免会对天下大势产生误判。

但《永王东巡歌》中,关于李璘和李亨的评价,客观上确实有"捧一踩一"的嫌疑,李白对此考虑得很不周全。

这是他政治上不成熟的表现。

六

其二
三川北虏乱如麻,四海南奔似永嘉。
但用东山谢安石,为君谈笑净胡沙。
——《永王东巡歌》

李白在诗中,经常自比古代先贤袁宏、管仲、诸葛亮等,这一次,轮到了谢安石。

谢安石曾在淝水之战中,以八万兵力击败号称百万的前秦大军,一战封神。

永王啊,您只要起用我,保证可以在谈笑间,让乱兵灰飞烟灭!

这种惊人之语,我们可以将其看成一种浪漫主义。但李白自视过高,看待问题简单化、理想化,却是毋庸置疑的。

他从小就是这样。

"申管晏之谈,谋帝王之术,奋其智能,愿为辅弼。使寰区大定,海县清一",李白的人生理想,是辅佐帝王,治国安邦。

但他终身没有应举,除了那个"千古之谜"的身份,可能让他拿不到大唐的准考证,还有一个更重要的原因:

不求小官,以当世之务自负。

——刘全白《唐故翰林学士李君碣记》

李白心高气傲,不愿扫一屋,只想扫天下,不乐意一步一个脚印,只希望有朝一日突然天降大任,从而一飞冲天、一鸣惊人。

这种脱离实际的幻想,明显高估了形势,也高估了自己。

这又是一种不成熟。

所以谜底揭开了,李白为什么在文坛大放异彩,政治上却黯然无光?

结论是,他的才华或许撑得起野心,但性格绝对掌控不了命运。对李白来说,"天生我材必有用",但做官除外。

当然,我们今天在这里讨论李白适不适合从政,或许已是对他不敬。毕竟,李白只为诗歌而生。

大唐有没有一个叫李白的官员,无足轻重。

文坛有了"诗仙"太白,才是盛唐之幸、华夏之幸!

杜甫

功名诚可贵,爱情价更高

一

741年，兖州司马杜闲，托人向司农少卿杨怡提亲，希望长子杜甫能够迎娶杨府千金。

杨怡几乎没有任何犹豫，便满口答应。但他的女儿杨氏，却有些摇摆不定。

此时的杜甫，只是一介布衣，尚无功名在身。

还是杨怡的一番话，打消了她的顾虑："杜家奉儒守官，未坠素业。杜甫才华超群，他日定会金榜题名。且一脸忠厚，不似轻浮狡黠之徒，值得托付。"

订下这门亲事后，杨氏便开始憧憬婚后的美满人生。但她不知道的是，父亲的话，只说对了一半。

二

杜甫七岁作诗，九岁成名，小小年纪，社交圈里全是岐王李范、大臣崔涤、御用乐师李龟年这样的达官贵人。写下的诗句，也是磅礴大气，吞吐万里，"会当凌绝顶，一览众山小""何当击凡鸟，毛血洒平芜"。字里行间，一种"天下俊杰，舍我其谁"的霸气，呼之欲出。

杜 甫

但残酷的现实,却给了他和杨氏连番痛击。

747年,唐玄宗下诏,让全国的书生到长安比拼才艺,优胜者不仅可以直接授官,还可以落户京城。

杜甫听到这个消息后,立刻更新了朋友圈:终于等到你,还好我没放弃。

作为一名三十八岁的"高龄考生",他依然相当自信。以杜甫的才华来看,他或许有上榜的可能。

但自信和才华,只是考试的必要条件,不是充分条件。

更何况这场考试,本质上只是一出闹剧。

李隆基的本意,是想仿效唐太宗,做到"天下英雄,尽入吾彀中矣",开创一个比肩"贞观之治"的"天宝盛世"。

身为主考官的李林甫,却在考试结束之后,在皇帝面前声称"野无遗贤",意思是大唐已经做到了"人尽其才,才尽其用",民间再也没有人才闲置。

就这样,数百名考生,竟无一人被录用。

杜甫哭笑不得,却也奈何不得。为了谋取功名,他只得滞留长安,寻找其他机会。

但"长安米贵,居大不易",别说升官发财,就连养活自己也极为不易。

"朝扣富儿门,暮随肥马尘。残杯与冷炙,到处潜悲辛",受尽冷脸和白眼之后,杜甫也曾有过放弃的念头,但一想到"致君尧舜上,再使风俗淳"的初心,还有家中娇妻幼子,都在等着他荣归故里,只得咬紧牙关,继续坚持,期待有朝一日,能够袍笏加身。

直到755年,在一口气连写了三篇《大礼赋》,歌颂皇室的祭祀盛典之后,杜甫终于成功引起了天子注意,几番波折下来,最终被定职为从八品的右卫率府兵曹参军。

任命书一下来,杜甫立刻动身返乡,他要亲口告诉杨氏这个好消息。

正是在回奉先的途中,杜甫写下了《自京赴奉先县咏怀五百字》。

老妻寄异县,十口隔风雪。
谁能久不顾,庶往共饥渴。

妻儿寄居在奉先,孤苦无依,与我风雪相隔千百里。
作为父亲和丈夫,我怎能弃置不顾。
就算是有万般磨难,也要携手共度。

入门闻号咷,幼子饥已卒。
吾宁舍一哀,里巷亦呜咽。
所愧为人父,无食致夭折。

万万没有想到的是,杜甫刚进家门,就听到杨氏号啕大哭的声音,原来是年幼的儿子,已经被活活饿死。

晴天霹雳,杜甫一下子愣在原地,羞愧不已。

在这首诗里,他第一次称杨氏为"老妻"。

"老妻"其实并不老,此时的杨氏才三十余岁。

婚后十年,丈夫基本上都在外交游,只有杨氏一人抚养孩子、照料双亲。贫困愁苦的生活,让她过早地衰老了容颜。

杜甫的一声"老妻",喊出来的不仅是亲昵,还有愧疚和感激。

四

让杜甫没有料到的是,他的这份愧疚,其实才刚刚开始。

就在他回到奉先当月,"安史之乱"爆发。不到半年,潼关失守,长安沦陷,李隆基带着杨玉环仓皇逃往四川。

可怜的杨氏,还没有用上杜甫的半点俸禄,就要和丈夫一起搬到鄜州避难。

不久,杜甫听说肃宗在灵武即位,又只身北上,前去投奔。

留在羌村的杨氏,缺衣少食,孤苦无助,个中辛酸,不言而喻。

杜甫的心里,也时刻惦记着杨氏。前往灵武途中,他不幸被俘,押到了长安。身在长安,杜甫除了感慨烽烟肆虐、山河破碎,也非常想念困守鄜州的杨氏:

> 今夜鄜州月,闺中只独看。
>
> 遥怜小儿女,未解忆长安。
>
> 香雾云鬟湿,清辉玉臂寒。

何时倚虚幌,双照泪痕干。

——《月夜》

你独自一人,在闺中遥望明月。

孩子年幼,哪里懂得思念之苦。

雾气染湿了秀发,月光清冷了玉臂。

什么时候才能并肩而坐,为你擦掉眼角的泪珠。

看起来是在写杨氏,却字字都在说自己的相思。

所幸当时的杜甫并无多大名气,几个月后,趁叛军不注意,他溜出长安城,赶到了肃宗的临时行在,被授职左拾遗。

五

上任不久,杜甫便开始打听鄜州的消息。听说叛军所到之处,疯狂杀戮,鸡犬不留,十室九空,遍地尸骨,他心急如焚,焦灼万分。

可朝廷正值用人之际,自己又是新官上任,不便休假探亲,杜甫只得写上一封家书,寄往鄜州的羌村。

十个月过去了,他没有收到任何回音。

没有消息,就是最好的消息。

杜甫这样安慰自己。

到了最后,他甚至"反畏消息来",脆弱的内心,已经无法承受任何不幸。

就在这一年,因为替兵败的房琯说了几句公道话,杜甫触怒肃

宗,被赶出朝廷,放还鄜州。

满腔赤诚,忠心耿耿,却落得如此下场,杜甫有些心灰意冷。

也罢,趁这个机会,赶紧回去看望妻儿。

杜甫到达羌村,已是傍晚时分。夕阳的余晖,破败的柴门,还有枝头的几声雀鸣,一片萧条衰败之景,让杜甫的心更添几分悲凉之意。他加快脚步,推开了柴门。

杨氏听到屋外的动静,连忙出门查看,只见院子里站着一个衣衫褴褛、满头白发的老人,她硬是愣了好久,才反应过来。她实在不敢相信,烽火连天、人命如草芥的年代,一别数年、杳无音讯的丈夫,还能活着回来。

而眼前的一幕,也让杜甫百感交集。妻子瘦骨嶙峋,一身粗布短衣,打满了补丁。儿子宗文,脸色苍白,光腿赤脚,浑身都是污垢。两个小女儿,衣服又破又旧,已经短得遮不住膝盖。

他们对于身前的这个老父亲,都感到非常陌生。

杜甫刚刚张口喊了一声"宗文",儿子立马转过身去,泣不成声。

那一刻,杜甫心如刀割。

过了许久,一家人才团团抱住,齐声痛哭。

闻讯赶来的邻居围满了墙头,眼见此情此景,也全都唏嘘不已。

夜里,杜甫和妻子相对而坐,想起他在长安时写下的"何时倚虚幌,双照泪痕干",简直恍若梦里。

也就是从这一刻起,杜甫决定,此生再也不与杨氏分离。

这年秋天,杜甫带着妻儿,几经辗转,避难入川,一待就是十年。虽然先后得到严武、柏茂林等官员的照顾,杜甫的生活并没有

得到根本性的改观。

> 入门依旧四壁空,老妻睹我颜色同。
> 痴儿未知父子礼,叫怒索饭啼门东。
> ——《百忧集行》

家徒四壁,妻子和我一样,满脸都是生活的疲惫。

孩子已挨饿多日,哭着喊着要吃饭。

在夔州,杨氏甚至要卖掉陪嫁的金钗,才能换取些许口粮,"囊虚把钗钏,米尽坼花钿"。

这一切,都让杜甫羞愧不已,"计拙无衣食""飘飘愧老妻"。

贤惠的杨氏却从不计较这些,依然和当年在奉先、鄜州时一样,照料孩子成长,关心丈夫身体,"家贫仰母慈""老妻忧坐痹"。

只有极少数时候,杜甫和杨氏才有片刻欢愉,或画纸为棋,"老妻画纸为棋局,稚子敲针作钓钩",或泛舟江上,"昼引老妻乘小艇,晴看稚子浴清江"。

但好景不长,768年,杜甫一家人乘船出峡,又开始了流浪,"五十头白翁,南北逃世难""妻孥复随我,回首共悲叹"。两年后,杜甫病逝于湖南,不久,杨氏也郁郁而终。

六

唐朝时很多诗人喜欢写诗赠给歌姬舞女,不是"云光身后落,

杜甫

雪态掌中回",便是"双眸剪秋水,十指剥春葱"。

杜甫未能免俗,偶尔也会陪同官员应酬,享用歌姬佐酒,但他的笔下,却是"使君自有妇,莫学野鸳鸯""人生欢会岂有极,无使霜过沾人衣"。

这境界,不知要高出几个档次。

当然,也有一些诗人,会给妻子写诗,或在诗中提到妻子。

> 君问归期未有期,巴山夜雨涨秋池。
> 何当共剪西窗烛,却话巴山夜雨时。
> ——《夜雨寄北》

李商隐的相思,只是点到即止。

> 昔日戏言身后意,今朝都到眼前来。
> 衣裳已施行看尽,针线犹存未忍开。
> 尚想旧情怜婢仆,也曾因梦送钱财。
> 诚知此恨人人有,贫贱夫妻百事哀。
> ——《遣悲怀·其二》

元稹写得很深情,其实很薄幸。

> 万里奉王事,一身无所求。
> 也知塞垣苦,岂为妻子谋。
> ——《初过陇山途中,呈宇文判官》

> 勿叹蹉跎白发新，应须守道勿羞贫。
> 男儿何必恋妻子，莫向江村老却人。
>
> ——《送费子归武昌》

在岑参看来，与建功立业相比，妻子根本不值一提。

或许正因如此，古代绝大多数诗人的妻子，形象都非常模糊，几乎没有存在感。

唯有杜甫，一生挚爱杨氏，将她的生活点滴全都写进诗里。

他写给杨氏的情诗，就如同他俩的爱情，朴素无华，真挚感人。这样一来，后世之人在走近杜甫的同时，也会真切地看到一个淳朴善良、坚强宽容的"老妻"杨氏。

李泌

只做帝王友,不为天子臣

一

古装剧《长安十二时辰》中,靖安司司丞李必,出场时曾这样介绍自己:

> 吾六世高门望族,七岁与张九龄称友,九岁与太子交,圣人常召我共辩道法真意。

寥寥数语,简短有力,威武霸气。但他并没有过分抬高自己。

李必的原型,是中唐名相李泌[bì]。他的六世祖李弼,是北周柱国大将军,与杨坚的岳父独孤信、李世民的曾祖父李虎等人齐名。

七岁时,李泌便以"神童"之名,受到玄宗召见。

进宫之际,皇帝正在与燕国公张说[yuè]对弈。

玄宗示意张说出题。张说要求李泌以"方圆动静"赋诗,并指着眼前的棋盘,给出了范例:

> 方若棋局,圆若棋子。动若棋生,静若棋死。

李泌微微一笑,脱口而出:"方若行义,圆若用智。动若骋材,静若得意。"

玄宗极为满意，当场赏赐李泌金银束帛，并叮嘱他的父亲，时任吴房县令的李承休："孺子可教也，当用心抚养，好生栽培！"

得到天子垂青，李泌一夜成名，连宰相张九龄都成了他的粉丝。留在京城的李泌，便经常出入相府，与张大人谈诗论道，习文作赋。

> 天覆吾，地载吾，天地生吾有意无。
> 不然绝粒升天衢，不然鸣珂游帝都。
> 焉能不贵复不去，空作昂藏一丈夫。
> 一丈夫兮一丈夫，千生气志是良图。
> 请君看取百年事，业就扁舟泛五湖。

这是李泌的《长歌行》。

"业就扁舟泛五湖"，事了拂衣去，深藏功与名。

和李白一样，自信满满，豪气冲天。

吟诵此诗之人，无不交口称赞。只有张九龄好心规劝："你年纪轻轻，就名满天下，不一定是好事。写诗作文，只可观花赏月，咏赞先贤，切忌锋芒毕露，自视过高。"

张大人语重心长，李泌双脸发烫，从此一改心高气傲的模样，变得谨慎谦恭，内敛稳重。

也正是因为这个原因，李泌才会在党争不息、权斗不停的中唐，完美实现"鸣珂游帝都"的愿望。

二

天宝初年,正在嵩山修道的李泌,向朝廷进献《复明堂九鼎议》。

玄宗阅后,顿时想起了这个早慧的李泌,马上召其入宫,听他解读道法经书。因讲析"得法",李泌得以待诏翰林,供奉东宫,与太子李亨成为莫逆之交。

《长安十二时辰》的故事,应该就是借用了这一段背景。

但时间不久,李泌便遭到杨国忠的猜忌,以"讽刺时政"的罪名,被外放至蕲春。李泌索性递上辞呈,再次退隐山林。

"安史之乱"后,玄宗逃往四川,太子李亨在灵武匆忙即位,是为唐肃宗。

战乱中的小朝廷,势单力薄,举步维艰。肃宗此刻最想念的人,就是昔日供奉东宫的李泌。他马上下诏,派人四处寻找。

神奇的是,诏书尚未出门,便有下人来报,李泌已经出现在灵武的街头。

肃宗大喜,立刻接回了李泌。和在东宫时一样,肃宗与他"出则联辔,寝则对榻",白天并肩骑马,晚上对床夜话。军政之事,无论大小,百官任免,或是战报处理,都与李泌当面商议。甚至连皇宫禁门的密钥,都交由李泌管理。

于肃宗而言,他已经把大唐的江山,还有个人的身家,全都托付给了李泌。肃宗想任他为相,李泌却婉言谢绝:"陛下以宾友相待,已贵于宰相,夫复何求。"

无奈之下,肃宗只好用赏赐紫袍的方式,给李泌的身份"加V",

并让他辅佐太子广平王李俶［chù］，协理军政要务。

虽然没有实职，李泌已经"权逾宰辅"，荣耀至极。连肃宗自己都说："卿侍上皇，中为朕师，今下判广平行军，朕父子资卿道义。"

两代父子，三任帝王，重用同一人。放眼全唐，除了李泌，还能有谁？

三

李泌没有辜负天子的信任。

面对久乱不治的叛军，肃宗心急如焚。李泌却满脸淡定："您看贼子所抢之物，全都不远万里，运回范阳，可见他们并无一统天下之心。人数虽多，不过是乌合之众。依我看来，不出两年，即可荡平。"

肃宗不信："当真？"

李泌当即献策："兵分两路，首尾互击，敌军救首则击其尾，敌军救尾则击其首，使其往来数千里，疲于奔命。我军以逸待劳，不攻城，不遏路，待敌军进退不能之时，直捣范阳老巢。如此，则叛乱指日可平。"

肃宗欣然照办，战局很快得到扭转。

随后，两京收复，唐军取胜，已成定势。

李泌运筹帷幄的军事才能，史书中多有肯定，"佐肃宗收复两京""握中权之柄，参复夏之功""参大议于孤危，成收复之元功"。

甚至有人认为，李泌对局势的精准研判，可与当年诸葛孔明的《隆中对》相媲美。

四

对外，李泌尽心辅佐，帮助新皇平定叛乱。对内，他为肃宗的家事，也是操碎了心。

肃宗次子建宁王李倓［tán］，英勇果敢，颇有才略，多次在危急关头挺身而出，上保天子，下护百姓，深得民心。肃宗一度想任他为兵马大元帅，统领全唐军事。

李泌却站出来反对："建宁王的确是帅才，但广平王是长兄，已立为太子。若建宁王功勋日盛，谁能保证他的部下不起异心？"

玄武门之变，前车之鉴。

肃宗当场吓醒，赶忙收回成命，将大元帅之职授予广平王李俶，避免了日后手足相残、至亲反目的悲剧。

肃宗又想起在东宫之时，右相李林甫对他屡番陷害，自己几次危在旦夕，心里怨恨极深，准备掘墓开棺，挫骨扬灰。

李泌出言相阻。

肃宗很不高兴："你忘了昔日之事吗？"

李泌回答："臣关注的不在此处，上皇威临天下五十年，一朝失意，暂避蜀地。南方水土不适，老人家年岁又高，听说陛下仍在惦记旧恨，心里肯定不安。万一身体有恙，世人可能会说，圣上天下之广，却不能安养至亲。这不孝之名，陛下可背负不起。"

肃宗一愣，立刻面露愧色，握着李泌的双手承认："朕确实没想到这些啊。"

五

两京收复后,肃宗想迎回玄宗。他下了一道诏书,称上皇若进京,自己将重返东宫,继续当他的太子。

李泌断言:"上皇肯定不会东归。"

果然,玄宗很快便给了回音:"长安那么远,我就不回来了,把四川划给我养老就行。"他不是担心路途遥远,而是害怕自己的儿子。一个刚即位的皇帝,会自动禅位?你信吗?反正玄宗肯定不信。

肃宗一番好意,老父亲并没有领情。他只得召来李泌,询问有何良计。李泌马上以百官的名义,给玄宗写了一封长信,详细汇报了肃宗登基的全过程,然后开始深度煽情,说天子日夜思念上皇,希望玄宗尽快回京,早日享受天伦之乐。

玄宗收到后,大为高兴:"回去当皇帝的老子,好事,好事!"立刻就定下了东归的行程。

就这样,李泌三言两语,又帮肃宗解决了一个大难题。

肃宗激动得"且喜且泣",对他十分感激。

六

外可平战乱,内可理家务,对肃宗来说,这样的臣子,再来一打都不多。

肃宗正准备抽个时机,再找李泌谈谈心,请他务必给个面子,

勉强当个宰相。

李泌却主动面圣,请求归隐山林。

肃宗简直急得要哭:"朕哪里做得不好?告诉朕,朕一定改!"

李泌坦言:"臣遇陛下太早,陛下任臣太重,宠臣太深,臣功太高,迹太奇。此其所以不可留也。"

听到这些,肃宗也只能一声长叹,然后"给三品禄,赐隐士服",在衡山建"端居室",放还了李泌。

于是,李泌便成了有唐以来,"奉旨隐居"第一人。

数年后,肃宗去世,广平王即位,是为唐代宗。

登基后的第一个月,代宗就召回李泌,任为翰林学士,赏赐宅邸一套,并强行做主,让李泌娶妻生子。他这么做,无非是想告诉李泌:朕可能留不住你,妻小总可以吧?

成家之后,李泌的归隐之心,的确淡化了许多。

朝中两任宰相,元载和常衮[yǎn],都是心胸狭隘、嫉妒贤才之人。在他们的排挤之下,李泌先后两次外放出京,任江西判官、杭州刺史等职。

虽是贬谪,李泌依然为官一任,造福一方,"乃授澧、朗、峡团练使,徙杭州刺史,皆有风绩"。

七

代宗驾崩后,太子李适继位,是为唐德宗。

在德宗朝,李泌担任中书侍郎同平章事,正式拜相。

此时的李唐王朝,威势已衰。但李泌仍是鞠躬尽瘁,为日渐颓败的帝国,做出了最后的努力:

制止朝廷向吐蕃赠送安西、北庭两地,保证了大唐对西域各地的控制;

以身家性命担保,消除了天子对镇海军节度使韩滉[huàng]的怀疑,作为回报,韩滉运送百万斛大米至关中,解决了朝廷的燃眉之急;

改地方供钱为纳税,增加国库收入的同时,也减轻了百姓的负担;

冒死力谏德宗,放弃另立太子的念头,避免父子相疑,皇室再现危机;

当众与天子订下协议,要求朝廷不杀有功之臣;

开山挖路,疏通漕运,改善京师的粮食供应……

如此等等,不一而举。

遗憾的是,李泌接任相职不久,便因病去世,享年六十八岁。

八

李泌是中唐时期著名的学者、谋臣和政治家。

史书评价他"有谋略",但"好谈神仙诡诞""及在相位,随时俯仰,无足可称,非相才",所以"为世人所经"。

世人瞧不起他什么呢?

"及在相位,随时俯仰",说他没有原则,没有立场,明显

不客观。死谏德宗，力保韩滉，就是最有力的证明。

当然，与同时期的文人相比，李泌性格迥异，不慕荣利，只愿与帝王为友，不愿为天子之臣，以世俗的眼光看，的确显得有些"另类"。但人各有志，不能以官职的高低，来衡量人生的成败。

再说，李泌身为中唐四朝元老，深得肃、代、德三任帝王倚重，已经做到了"出为高士，入为卿相"，古往今来，又有几人能及？

南宋大儒罗大经甚至认为，隐士出山而有所作为者，仅有六人：伊尹、傅说、姜尚、严陵、孔明和李泌。

那史书为什么会有如此评价？

或许，南怀瑾先生的一段话，可以用来作答：

其实，查遍正史，李泌从来没有以神仙怪诞来立身处世。个性思想爱好仙佛，只是个人的好恶倾向，与经世学术，又有何妨？

善用谋略拨乱反正、安邦定国，谋略有什么不好？由此可见，史学家的论据，真是可信不能尽信，大可耐人寻味。

白居易

世间最好的相遇,
都是久别重逢

一

古代很多著名的诗人,生命中都有一个绕不开的地方,比如杜甫的夔州,杜牧的扬州,苏东坡的黄州,以及杨万里的永州……

这个现象很有意思。

但更巧合的是,他们在当地无一例外都遇上了好领导,夔州有柏茂林,扬州有牛僧孺,黄州有徐大受,永州有张紫岩。

而对白居易来说,这个地方叫江州,这个好领导叫崔能。因为他的存在,身为贬官的老白,享受到了不少便利,不用操心工作,不用担心生活,还有大把时间觥筹交错、宴饮作乐,留下了不少诗文佳作。

长诗《琵琶行》,就是写于此时。

元和十年,予左迁九江郡司马。明年秋,送客湓浦口,闻舟中夜弹琵琶者,听其音,铮铮然有京都声。问其人,本长安倡女,尝学琵琶于穆、曹二善才,年长色衰,委身为贾人妇。遂命酒,使快弹数曲。曲罢悯然,自叙少小时欢乐事,今漂沦憔悴,转徙于江湖间。予出官二年,恬然自安,感斯人言,是夕始觉有迁谪意。因为长句,歌以赠之,凡六百一十六言,命曰《琵琶行》。

白居易

> 浔阳江头夜送客,枫叶荻花秋瑟瑟。
> 主人下马客在船,举酒欲饮无管弦。
> 醉不成欢惨将别,别时茫茫江浸月。
> 忽闻水上琵琶声,主人忘归客不发。
> 寻声暗问弹者谁?琵琶声停欲语迟。
> 移船相近邀相见,添酒回灯重开宴。
> 千呼万唤始出来,犹抱琵琶半遮面。

白居易为何会移船相邀、置酒相待?

诗中有交代:

一是"举酒欲饮无管弦",没有歌舞助兴,宴饮便没有灵魂。

二是"主人忘归客不发",天籁之音让闻者欲罢不能。

但藏在小序里的一句话,才是最主要的原因。

"听其音,铮铮然有京都声"。原来琵琶声中,有白居易最熟悉也最怀念的京城曲调,他这才下定决心,要看个究竟。

笔未动,情已浓。

二

一般认为,描写音乐最出名的三首唐诗,分别是韩愈的《听颖师弹琴》,李贺的《李凭箜篌引》,以及白居易的《琵琶行》。

> 昵昵儿女语,恩怨相尔汝。

　　划然变轩昂，勇士赴敌场。
　　浮云柳絮无根蒂，天地阔远随飞扬。
　　喧啾百鸟群，忽见孤凤皇。
　　跻攀分寸不可上，失势一落千丈强。
　　嗟余有两耳，未省听丝篁。
　　自闻颖师弹，起坐在一旁。
　　推手遽止之，湿衣泪滂滂。
　　颖乎尔诚能，无以冰炭置我肠！

——韩愈《听颖师弹琴》

前半段写曲中境界，后半段写听者感受。

刚刚"昵昵儿女语"，瞬间"勇士赴敌场"，先是"浮云柳絮"，后又"喧啾百鸟"。

音乐节奏的曲折多变，折射的是作者起伏跌宕的人生。

　　吴丝蜀桐张高秋，空山凝云颓不流。
　　江娥啼竹素女愁，李凭中国弹箜篌。
　　昆山玉碎凤凰叫，芙蓉泣露香兰笑。
　　十二门前融冷光，二十三丝动紫皇。
　　女娲炼石补天处，石破天惊逗秋雨。
　　梦入神山教神妪，老鱼跳波瘦蛟舞。
　　吴质不眠倚桂树，露脚斜飞湿寒兔。

——李贺《李凭箜篌引》

李贺则将奇幻跳跃的想象力,发挥到了极致。

全诗只有"吴丝蜀桐张高秋""李凭中国弹箜篌"两句,写到乐器和乐师。

剩下的言语,却忽然说起女娲、神妪、吴刚、玉兔,简直"惊天入月,变眩百怪,不可方物,真是鬼神于文"。

什么叫天马行空,这就是。

此处插一点题外话。

曾任《汉语大词典》编委、《咬文嚼字》编委的金文明,曾一口气找到余秋雨各类新书中的100多处"文史差错",然后汇编成册,书名就叫《石破天惊逗秋雨》。

这句话,正是出自李贺的《李凭箜篌引》。

三

> 转轴拨弦三两声,未成曲调先有情。
> 弦弦掩抑声声思,似诉平生不得志。
> 低眉信手续续弹,说尽心中无限事。
> 轻拢慢捻抹复挑,初为霓裳后六幺。
> 大弦嘈嘈如急雨,小弦切切如私语。
> 嘈嘈切切错杂弹,大珠小珠落玉盘。
> 间关莺语花底滑,幽咽泉流冰下难。
> 冰泉冷涩弦凝绝,凝绝不通声暂歇。
> 别有幽愁暗恨生,此时无声胜有声。

> 银瓶乍破水浆迸，铁骑突出刀枪鸣。
> 曲终收拨当心画，四弦一声如裂帛。
> 东船西舫悄无言，唯见江心秋月白。

和李贺通篇运用神话素材不同，白居易的《琵琶行》中全是现实中的景象，不是"急雨""私语"，就是"玉盘""莺语"，极具生活气息。

这还不是最大的区别。

白居易历来主张"感人心者，莫先乎情"，注重以情动人，以情感人。诗中除了展示琵琶女绝妙的才艺，还详细交代了她的出身，叙说了她的命运。

这些内容，和当晚的音乐无关，却与白居易的内心相连。

> 沉吟放拨插弦中，整顿衣裳起敛容。
> 自言本是京城女，家在虾蟆陵下住。
> 十三学得琵琶成，名属教坊第一部。
> 曲罢曾教善才服，妆成每被秋娘妒。
> 五陵年少争缠头，一曲红绡不知数。
> 钿头银篦击节碎，血色罗裙翻酒污。
> 今年欢笑复明年，秋月春风等闲度。

琵琶女才华横溢，年少成名，前景可待，未来可期。

白居易何尝不是如此。十六岁时，他曾带着一本诗集，去拜访

白居易

名士顾况。

顾况戏称:"年轻人,名字取得挺好,但京城米贵,居大不易啊。"但读到《赋得古原草送别》,他却拍案称绝:"妙哉,妙哉。有才如此,居亦易矣。"

经顾况力荐,白居易很快就成为长安城里最明亮的少年。

二十九岁时,他再赴京城,用实力续写传奇。三千人大考,十七人及第,白居易就是其中之一:

> 慈恩塔下题名处,十七人中最少年。

随后,他相继通过吏部铨试和制科考试,"三登科第",荣耀至极。再然后,凭借一篇《长恨歌》,彻底征服宪宗皇帝,在基层待了不到一年,就被火速提拔为翰林学士、左拾遗。

那些年的白居易,该是何等春风得意。

四

> 弟走从军阿姨死,暮去朝来颜色故。
> 门前冷落鞍马稀,老大嫁作商人妇。
> 商人重利轻别离,前月浮梁买茶去。
> 去来江口守空船,绕船月明江水寒。
> 夜深忽梦少年事,梦啼妆泪红阑干。

年老色衰后,琵琶女的命运急转直下。红极一时的"京城女",也只得"嫁作商人妇"。多少个独守空船的梦里,都是秋月春风的回忆。

而白居易的锦绣前程,也被君王叫了暂停。先是频繁上书言事,"凡数千百言,皆人之难言者",说尽了别人不好说、不敢说的话。宪宗终于忍无可忍:"拔擢致名位,而无礼于朕,朕实难奈。"将他降为京兆府户曹参军。

后来,宰相武元衡被刺,身为东宫属官的白居易又上书朝廷,建议火速出兵,刷耻雪恨。

军国大事,岂容一个低等小吏说三道四。此举自然激怒了掌权者,被定性为"越职言事"。

领导一生气,后果很严重。

不久,朝中便传言,白居易的母亲系赏花坠井而死,他的多篇诗作,却以"井""花"为题,毫不避讳,失德无行,不堪大用。

母亲坠井而亡,儿子的文字就必须和"井"绝缘,这是什么逻辑?

就像韩愈为李贺鸣不平时所言,难道父亲的名字为"仁",儿子都不能为"人"了?

更荒诞的是,皇帝竟然相信了这番言论,准备外放白居易出京,担任一州刺史。宰执却认为白居易德不配位,不适宜主政一方,于是便改为江州司马。

白居易

五

我闻琵琶已叹息,又闻此语重唧唧。
同是天涯沦落人,相逢何必曾相识!
我从去年辞帝京,谪居卧病浔阳城。
浔阳地僻无音乐,终岁不闻丝竹声。
住近湓江地低湿,黄芦苦竹绕宅生。
其间旦暮闻何物?杜鹃啼血猿哀鸣。
春江花朝秋月夜,往往取酒还独倾。
岂无山歌与村笛,呕哑嘲哳难为听。
今夜闻君琵琶语,如听仙乐耳暂明。
莫辞更坐弹一曲,为君翻作琵琶行。
感我此言良久立,却坐促弦弦转急。
凄凄不似向前声,满座重闻皆掩泣。
座中泣下谁最多?江州司马青衫湿。

世间最好的相遇,都是久别重逢。

刻苦求学,功成扬名。巅峰过后,繁华落尽。

白居易的人生轨迹,和琵琶女几乎一模一样。

对于琵琶女,他不是简单的同情和怜悯,而是在她的身上,看到了自己的身影。

诗人不禁感怀生情,这才主动"翻作《琵琶行》",写倡女的幽愁暗恨,写自己的惆怅苦闷。

将身世之感,融入字里行间,是《琵琶行》和《听颖师弹琴》《李凭箜篌引》最大的区别,也是这首诗文传唱不衰的秘诀。

后世的秦观,就是因为"将身世之感,打并入艳情",即便写的是艳词,也能做到"媚而不俗,艳而不浮"。

或许正因如此,清朝的方扶南,对这三首音乐诗给出了这样的结论:

> 韩足以惊天,李足以泣鬼,白足以移人。
>
> ——《李长吉诗集批注》

六

当然,文章本天成,妙手偶得之。经典之作和传神之笔,大多与技巧无关。

白居易的《琵琶行》能够脍炙人口且深入人心,一个最关键的因素,是在对的时间遇上了对的人。

如果初见琵琶女时,老白已经功成名就、志得意满,又岂会"我闻琵琶已叹息""江州司马青衫湿"?

又或者,弹奏琵琶的是一个正当红的倡女,达官贵人、富商巨贾都趋之若鹜,两人又怎么可能互为知音?

其实,在贬往江州的路上,白居易也曾遇见一位歌女,场景和这一次十分相似。

白居易

> 夜泊鹦鹉洲,秋江月澄澈。
> 邻船有歌者,发调堪愁绝。
> 歌罢继以泣,泣声通复咽。
> 寻声见其人,有妇颜如雪。
> 独倚帆樯立,娉婷十七八。
> 夜泪似真珠,双双堕明月。
> 借问谁家妇,歌泣何凄切。
> 一问一沾襟,低眉终不说。
>
> ——《夜闻歌者(宿鄂州)》

若是和这位歌女一样,琵琶女总是"沾襟""低眉""终不说",白居易也就不会"因为长句,歌以赠之"了。

没有"自叙少时欢乐事"的琵琶女,哪来"胡儿能唱琵琶篇"的经典传世。

罗隐

我很丑,我也不温柔

一

晚唐乾符年间，京城长安。

宰相郑畋［tián］，正在家中接见诗人罗隐。

罗隐虽是布衣之身，却是文坛大咖，赫赫有名。就连郑畋的女儿都是他的铁粉，每次读到他的诗句，心脏都会怦怦跳，恨不得立刻找到罗隐，在他面前撒个娇。时间一久，她便害起了单相思，整天长吁短叹，不思茶饭。

知女莫若父，心病还得心药医。

郑畋这才把罗隐接到府中，准备当面考量一番，如果确属可造之才，那就顺势成就女儿的一段良缘。

郑大小姐自然不能出面，只得躲在门后，趁罗隐和父亲交谈之机，偷偷往客厅里瞄上几眼。

罗隐虽然不知道屋里还有第三个人在给自己偷偷打分，但他绝对清楚，如果能够获得宰相垂青，定会名声大振，下一轮大考，必将金榜题名。

这是一场提前进行的面试。

罗隐使出浑身解数，小心谨慎地回答每一个提问，最终以渊博的学识、犀利的语言和独特的观点，赢得了宰相大人的五星好评。

但一墙之隔的郑大小姐，心情却是一言难尽。她原以为，罗隐

罗 隐

的才华那么好,颜值一定高。没想到隔着门缝映入眼帘的,却是一个土味油腻中年。

"唉……"一声长叹之后,郑大小姐转身离去,从此再也不读罗隐的诗句。

史书并没有交代罗隐后来有没有知道真相。如果他听说宰相的女儿因为相貌问题,最终放弃了自己,肯定会羞愧不已。好在罗隐的抗压能力够强,这点委屈根本不值一提。

毕竟,生活中的各种打击,早已将他锤炼成了金刚不坏之身。

二

罗隐的手上,也抓到过一些好牌。

> 弱冠负文翰,此中听鹿鸣。
> 使君延上榻,时辈仰前程。
>
> ——《南康道中》

由于"少英敏,善属文,诗笔尤俊拔",家乡的长官对他高看一格,礼遇三分,同龄的玩伴也都非常看好他的前程。

年轻的罗隐自是满怀豪情,希望有朝一日能够经世济时:

> 欲将刀笔润王猷,东去先分圣主忧。
>
> ——《送郑州严员外》

和其他读书人不同的是,罗隐求"位"却不求"贵",谋取"功名"却不在乎"利禄":

> 先王所以张轩冕之位者,行其道耳,不以为贵。大舜不得位,则历山一耕夫耳,不闻一耕夫能翦四凶而进八元;吕望不得位,则棘津一穷叟耳,不闻一穷叟能取独夫而王周业。
>
> ——《君子之位》

他坚信,有"位"才有"为",有"职权"才能"行其道"。如果没有合适的"位子",舜不过是一介农夫,吕望也只是一个穷叟,哪里能够完成大业?

在普遍信仰"书中自有黄金屋,书中自有颜如玉"的时代,罗隐能有这种觉悟,可以说很难得了。

但遗憾的是,他几乎耗尽一生的光阴,都没有金榜题名。

《吴越备史》记载,罗隐"凡十上不第",一辈子不是在考场,就是在去往考场的路上,屡考屡败,屡败屡考,失意到无以言表。

是因为罗隐的才华不够吗?当然不是。

他第一次进京赶考,就碰上了有唐以来力度最大的科举改革。

新政出台后,权贵子弟应试不再受到限制,参加人数大幅增加,进士名额却维持不变,每榜仅录用三十余人。加上试卷不密封,考生的后台越硬,名气越大,上榜的可能性肯定就越高。

这种情况下,"江左孤根""族惟卑贱"的罗隐,自然无力和

"公相子弟"竞争,以至于他从弱冠考到花甲,整整跑了一个马拉松,却从一开始就输在了起跑线上。

三

尽管如此,罗隐依然没有忘记初心,坚持要用所学之术行道济世。

他决定弃仕从文,要用手中的如椽巨笔,"著私书而疏善恶","警当世而诫将来"。

罗隐首先关注的,就是有切肤之痛的晚唐科举。

当落榜成为一种习惯之后,他对朝廷选拔人才的制度有了更加清醒而透彻的认识。

> 病想医门渴望梅,十年心地仅成灰。
> 早知世事长如此,自是孤寒不合来。
> 谷畔气浓高蔽日,蛰边声暖乍闻雷。
> 满城桃李君看取,一一还从旧处开。
>
> ——《丁亥岁作》

金榜题名之人,全都出自权贵之门。毫无疑问,晚唐的阶层已经固化。

> 进乏梯媒退又难,强随豪贵殢长安。

我是人间自在客

> 风从昨夜吹银汉,泪拟何门落玉盘。
> 抛掷红尘应有恨,思量仙桂也无端。
> 锦鳞赪尾平生事,却被闲人把钓竿。
>
> ——《西京崇德里居》

纵是"锦鳞",也只能困于钓竿,任人捉弄。寒门庶族的命运早已注定,再大的努力都是徒劳。

> 江头日暖花又开,江东行客心悠哉。
> 高阳酒徒半凋落,终南山色空崔嵬。
> 圣代也知无弃物,侯门未必用非才。
> 一船明月一竿竹,家住五湖归去来。
>
> ——《曲江春感》

民间尽是遗贤,侯门全是非才。对朝廷痛心不已的罗隐,只能用反话正说的方式来表达内心的不满、愤恨以及忧心。

但他的这番操作,让本来就被堵死的入仕之门又加上了一把铁锁。

唐昭宗即位后,久闻罗隐大名,想赐他进士及第。

有人当场就提出异议:"隐虽有才,然多轻易。明皇圣德,犹横遭讥;将相臣僚,岂能免乎凌轹?"

罗隐这小子,有才又缺德,连玄宗皇帝都敢嘲讽。一旦他跻身朝堂,俺们这些人可能都会被他欺侮。

罗 隐

看来这位大臣,智商或许不高,倒还挺有自知之明。

昭宗也不想破坏当前安定团结的局面,从此再也不提起用罗隐之事。

罗隐注定布衣终身。于他个人而言,肯定是天大的不幸。但"文章憎命达,魑魅喜人过",坎坷波折的经历,却让罗隐的诗文写得愈发真挚和深刻,成就诗坛大幸。

十二三年就试期,五湖烟月奈相违。
何如买取胡孙弄,一笑君王便着绯。

——《感弄猴人赐朱绂》

读书人苦熬十年寒窗,却入仕无望。耍猴人能博君王一笑,便可穿上紫袍。

果然是"及第不用读书,做官何须事业",真是荒唐透顶。

楼殿层层佳气多,开元时节好笙歌。
也知道德胜尧舜,争奈杨妃解笑何。

——《华清宫》

号称道德胜尧舜,为何会迷恋女人的石榴裙?看来明皇也不圣明。

马嵬山色翠依依,又见銮舆幸蜀归。

我是人间自在客

> 泉下阿蛮应有语，这回休更怨杨妃。
>
> ——《帝幸蜀》

广明元年，黄巢起兵，长安沦陷，僖宗出逃四川，将玄宗一朝的剧情，又重新翻拍了一遍。只不过，这一次可没有杨玉环背锅。

> 家国兴亡自有时，吴人何苦怨西施。
> 西施若解倾吴国，越国亡来又是谁？
>
> ——《西施》

如果西施是吴国的祸水，那越国灭亡又能怪谁？
作为君王，总不能将亡国的责任都诿之于小女人。

> 孝武承富庶之后，听左右之说，穷游观之靡，乃东封焉。盖所以祈其身，而不祈其民、祈其岁时也。由是万岁之声发于感寤。然后逾辽越海，劳师弊俗，以至于百姓困穷者，东山万岁之声也。以一山之声犹若是，况千口万舌乎？是以东封之呼，不得以为祥，而为英主之不幸。
>
> ——《汉武山呼》

这段文字，节选自罗隐的代表作《谗书》。
汉武帝在封禅之时，听到百姓呼喊"万岁"之后，心里祈祷的，不是岁丰时顺，也不是子民安康，而是自己万寿无疆。

罗 隐

难怪后来的汉武帝,会置百姓穷困而不顾,穷兵黩武,劳师弊俗。

这样看来,山呼"万岁",不是祥瑞之兆,而是灾祸之端。

英明如汉武帝的天子尚且如此,再看看晚唐的这几任帝王,一天天的,百姓还有希望吗?

必须承认,"我很丑,我也不温柔"的罗隐,这般大胆和犀利,完全可以直逼千年之后的《而已集》。

《唐才子传》认为,罗隐"自以当得大用,而一第落落,传食诸侯,因人成事,深怨唐室"。将罗隐多写讥讽之语的原因,归结为他对唐室的怨恨,这是有失偏颇的。

都说"不平则鸣",罗隐的诗文中,既有对自身遭遇的不满,也有对晚唐黑暗现实的鞭挞,且后者明显要多于前者。

他对唐室的忠心,并没有因为数十年的持续落榜而有丝毫的改变。

> 逐队随行二十春,曲江池畔避车尘。
> 如今赢得将衰老,闲看人间得意人。
>
> ——《偶兴》

887年,再一次名落孙山之后,五十五岁的罗隐彻底放弃科举,转而流浪各地。

迫于生计,他在杭州加入了刺史钱镠[liú]的幕府。

"不是金陵钱太尉,世间谁肯更容身?"(《寄窦泽处士》)漂泊半生的罗隐,终于有了一处安身之所。

我是人间自在客

但好景不长,天祐年间,梁王朱温篡权。为了招徕英才,他以右谏大夫的官职,特召罗隐进京。

说起来也真可笑,朝廷弃之如敝屣的罗隐,乱党却视之如珍宝。

这究竟是朝廷糟践了人才,还是乱党在拉拢人心,答案不言自明。

让所有人都感到意外的是,一辈子都被大唐朝廷当作蹴鞠踢来踢去的罗隐,却断然拒绝了朱温的邀请。甚至,他还规劝钱镠:"您是大唐的臣子,理应起兵北伐。即便不能灭梁,也能保全吴越。怎能向北称臣,背负万世骂名呢!"

此时的钱镠已经被朱温册封为吴越王。对于赤胆忠心的罗隐,他是格外敬重和器重,先后任为钱塘令、司勋郎中和给事中,总算给了罗隐一个略微体面和安定的晚年。

910年,罗隐病逝于杭州,享年七十八岁。

四

虽说人格平等,但人品却有高下之分。

国难当头,忠奸立辨。以对唐室的忠诚度为标准,晚唐的文人大致可以分为三等:

末等是皮日休、杜荀鹤与韦庄,贫贱必移,威武必屈。一个侍奉黄巢,一个谄媚朱温,还有一个,为了能当宰相,竟在西蜀劝王建另立朝廷。

次等是司空图、韩偓、郑谷作为李唐的大臣,在朝廷危难之际,隐居藏匿，未能建功立业，倒也算独善其身。

上等则只有罗隐，一直被抛弃，从未生二心。"陵迁谷变须高节，莫向人间作大夫"（《小松》），坚决不食大梁俸禄的罗隐，成了晚唐著名文人中，唯一称朱温为"贼"的书生，立场坚定，铁骨铮铮，令人肃然起敬。

或许正因如此，清代文学家洪亮吉，对罗隐的文品和人品都给了近乎完美的评价：

> 七律至唐末造，惟罗昭谏（罗隐）最感慨苍凉，沉郁顿挫，实可以远绍浣花（杜甫），近俪玉溪（李商隐）。盖由其人品之高，见地之卓，迥非他人所及。
>
> ——《北江诗话》

林逋

> 我也想低调，可实力不允许啊

一

说起林逋[bū],大家想到的一定是这三个关键词:
"梅妻鹤子""疏影横斜""暗香浮动"。
因为他的经典诗篇《山园小梅》,实在是深入人心。
但关于林逋,《宋史》中还有这样的记载:

> 性恬淡好古,弗趋荣利,家贫衣食不足,晏如也。
> 久之,归杭州,结庐西湖之孤山,二十年足不及城市。
> ……
> 临终为诗,有"茂陵他日求遗稿,犹喜曾无《封禅书》"之句。

安贫乐道,远离喧嚣,淡泊名利……很明显,半生隐居的林逋绝不只是会写诗这么简单。

他几乎是一个完人,就连苛刻至极的"圣人"朱熹,都对他佩服得五体投地,称"宋亡,而此人不亡,为国朝三百年间第一人"!

二

"隐士"这个行当,其实是有准入门槛的:

林 逋

须含贞养素，文以艺业。不尔，则与夫樵者在山，何殊异也。

——《南史·隐逸》

才华过人，德艺双馨，这个标准并不低。

很多自称为"隐士"的人，都只是高仿的"赝品"。

他们把山场当成秀场，把隐居生活玩成行为艺术，从而自抬身价，以求闻达。

比如唐朝的卢藏用，皇帝住在长安，他就"隐居"终南，皇帝移驾洛阳，他又立马搬到嵩山。这番不要脸的操作，终于让他喜提"随驾隐士"的奖章，同时为中华词库，贡献了一个全新的成语——终南捷径。

还有明代的陈继儒，身在草莽，心向朝堂，朋友圈里不是政要，就是富商。言行如此不一致，连隔壁山洞里的同行都忍不住写诗鄙视："翩翩一只云间鹤，飞来飞去宰相家。"

至于现在的某些网络红人，更是不值一提。乱穿的道袍，错弹的古琴，猫爪般的书法，涂鸦般的国画……

明明丑态百出，却以大师自居，然后直播、开课、收徒，日敛万金，实在玷污了"隐士"之名。

而林逋，则是一个真正的隐士。

967年，林逋出生于浙江钱塘，自幼勤奋刻苦，饱读诗书，但终身不做应试之举，才过中年便隐居孤山。

"东南形胜，三吴都会，钱塘自古繁华"，白居易、柳永，还有后来的苏轼、杨万里，都是杭州城的铁粉和代言人。近在咫尺的

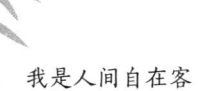

林逋,却视繁华于不顾,二十年来,从未踏入钱塘半步。

耐得住寂寞,禁得住诱惑,这份定力和毅力,绝非常人能及。

宋真宗赵恒久闻林逋之名,专程派人前往孤山,邀请他入职东宫,担任太子伴读。这可是天下读书人梦寐以求的美差。

林逋却婉拒了天子盛情。他告诉身边人:"荣显,虚名也;供职,危事也;怎及两峰尊严而耸列,一湖澄碧而画中。"

功名富贵,一切都是浮云。人心不古,官场险恶,倒不如寄情山水,自得其乐。

他还说:"人生贵适志耳,志之所适,方为吾贵。每吾志之所适,非室家也,非功名富贵也。只觉青山绿水,与我情相宜。"

人生啊,贵在舒适自得。功名利禄,不如青山绿水,俗世的繁华,哪里比得上内心的安宁。

林逋,果然是个智者。

三

吴山青,越山青,两岸青山相送迎,谁知离别情?
君泪盈,妾泪盈,罗带同心结未成,江边潮已平。

这是林逋的代表作之一,《长相思》。

两山屹立,山水相依,潮起潮落间,阅尽人世悲欢。但终日相伴的它们,终究无法懂得离人之恨。

人未分,泪已盈,山高水阔,一别永远。江潮已平,孤舟已逝,

林 逋

心中纵有千言,也只能藏于心间。

此生有尽,此恨无期,若不是刻骨铭心,又岂能写得如此深情?

很多年以后,林逋孤独离世,盗墓贼在他的墓中只找到两件陪葬品,一方端砚,一支玉簪。

原来终身不娶、"梅妻鹤子"的林逋,并非无情无义,不食人间烟火,而是忠贞不贰,至死不渝。

在孤山,林逋博览群书,笔耕不辍,留下了"秋景有时飞独鸟,夕阳无事起寒烟""金谷年年,乱生春色谁为主"等诸多经典之作,其中最负盛名的,当属这首堪称"咏梅绝唱"的七律:

> 众芳摇落独暄妍,占尽风情向小园。
> 疏影横斜水清浅,暗香浮动月黄昏。
> 霜禽欲下先偷眼,粉蝶如知合断魂。
> 幸有微吟可相狎,不须檀板共金樽。
>
> ——《山园小梅》其一

百草凋零,唯有梅花明艳动人。

清浅的水中,倒影稀疏。月下的黄昏,幽香浮动。

如此美景,连禽鸟都会流连忘返,欲罢不能。

赏梅吟诗已经是最快乐的事,何须檀板奏乐、金杯盛酒这些声色之娱?

欧阳修、司马光等后世文人都对此诗推崇备至,认为"曲尽梅之体态""前世咏梅者多矣,未有此句也"。大文豪苏轼,更是把

它作为咏物抒怀的范例，让儿子苏过对照练习。

林逋的文学功力，由此可见一斑。

但每次诗成之后，他都将写好的文稿全部烧掉。

朋友很是不解："为什么不整理一下，流传后世？"

林逋微微一笑："我退隐山林，从未想过在当世成名，还谈什么后世？"

幸亏有好心人偷偷记录，才让林逋的诗作有300余首得以流传。

林逋还精于书法，尤擅行草，深得欧阳询、李建中等大家之妙。黄庭坚曾说："君复书法高胜绝人，予每见之，方病不药而愈，方饥不食而饱。"硬是将林逋的书法，当成了治病的良药、果腹的佳肴。

就这样，一个深居简出、无欲无求之人，凭借超群的才华和过硬的人品，实力圈粉。

四

林逋虽然隐居深山，却常有贵客临门。

大部分时候，他都在山中采药，或者湖上垂钓。一旦有客来访，书童就放出白鹤，让它在西湖上空盘旋很久。林逋听到鹤鸣，便返回家中，款待客人。

天圣年间，宋诗的"开山祖师"梅尧臣，曾夜登孤山，拜访林逋。大雪纷飞，寒风刺骨，两人在林间燃起枯枝，围炉煮酒，彻夜畅谈，一时传为佳话。

近乎完人的范仲淹对林逋也是格外仰慕，任大理寺丞时，就给

林 逋

林逋寄过诗作,并很快收到了回应:

> 马卿才大常能赋,梅福官卑数上书。
> 黼座垂精正求治,何时条对召公车。
>
> ——《送范寺丞》

马卿(司马相如)才高八斗,梅福善言敢谏。帝王励精图治、求贤若渴,正是你大有可为之时。

在诗中,林逋将范仲淹比作古代贤人,既有肯定之语,又有鞭策之意,可见他对后生晚辈的良苦用心。

不久,范仲淹调往江浙,监西溪盐仓,任兴化县令,便经常前往孤山,与林逋把酒言欢。

诗文唱和间,范仲淹对他的膜拜之情自然与日俱增,"山中宰相下崖扃,静接游人笑傲行""风俗因君厚,文章至老醇"。

在林逋的众多铁粉中,有一个人身份极为特殊,那就是宋真宗赵恒。

几次邀请做官不成,赵恒便"赐粟帛,诏长吏岁时劳问",不仅赏给林逋许多财物,还叮嘱地方官员多加照顾,定期问恤。对于这些,林逋都坦然受之,泰然置之,从不惺惺作态,故作清高。与世无争的人,照样可以活出真性情。

林逋无意仕途,但并不反对别人谋求功名。

侄子林宥[yòu]金榜题名,高登进士甲科,他喜不自胜,专门赋诗相赠:"闻喜宴游秋色雅,慈恩题记墨行清。"

临江的书生李谘，准备进京赶考，却因初出茅庐，名声不显，没有任何大咖推荐。林逋读过他的诗作，十分欣赏他的才华，就公开为他发声，称"此人必成国之重器"。李谘后来官至三司使，终身不忘这份知遇之恩。

1028年，林逋去世，李谘以门人的身份，穿戴素服，为他守孝七天。

"君子和而不同""水善利万物而不争"，"佛系"的林逋，没有将自己的处世准则强加于人。

他能以梅为妻，以鹤为子，明月为伴，清风为邻，也能择善而交，择善而从，既可成就自己，也愿成全他人，足见他的风度和胸襟。

五

"是故内圣外王之道，暗而不明，郁而不发，天下之人，各为其所欲焉，以自为方。"

这句话源自《庄子·天下》，但"内圣外王"之道，却是孔子倡导的人格理想和政治理想。在儒家思想体系中，"内圣"是格物致知，正心修身，"外王"则是齐家、治国、平天下。

而世俗的成功学，仅仅看重后者。在某些人看来，没有建功立业，不能经世济民，谈何成功？

林逋当然不是俗人，他超然独立，坚守自我，毕生不图富贵功名，只求恬淡安宁，任由身外惊涛骇浪或是繁花似锦，心里宠辱皆忘，波澜不惊。

林 逋

他没有因为布衣终老而愤世嫉俗,更没有将隐居深林当成终南捷径,而是在绿水青山、梅香鹤唳中,找到人生归宿,回归生命本真:

> 湖上青山对结庐,坟头秋色亦萧疏。
> 茂陵他日求遗稿,犹喜曾无封禅书。
> ——《自作寿堂因书一绝以志之》

生前,西湖,孤山,草庐。死后,荒坟,枯木,萧疏。庆幸的是,朝廷若来搜寻我的遗稿,绝对找不到歌功颂德之语。

宁愿淡泊终老,也不肯卖文邀宠。人言林逋一世高洁,果然所言非虚。

尤其可贵的是,林逋藏身山野却不消极避世,远离喧嚣却不逃避生活,独善其身却不清高矫情,严于律己却不绑架他人。

他的身上,既有隐士的风骨,也有君子的修养;既有读书人的才情,也有大丈夫的率真。洒脱,优雅,安贫乐道,自在逍遥,如此真性情,自陶渊明之后,应该仅此一人。

欧阳修

为什么受伤的总是我

一

庆历五年，北宋朝廷很不平静。

保守派空前团结，齐声反对变革，仁宗被逼无奈，只得暂停新政，将范仲淹、韩琦、富弼等人全部赶出京城。

解决了三个宰辅之臣，保守派依然没有消停，他们又把枪口瞄向了主政河北的欧阳修。但欧阳修为人正派，做官清廉，他们怎么也没有找到他的污点。

就在保守派快要放弃的时候，机会来了。

二

欧阳修的妹妹，嫁给了二婚的张龟正。不久，丈夫病逝，孤苦无依的欧阳氏，又回到了娘家。一同带过来的，还有张龟正前妻的女儿，七岁的小张氏。

张氏长大后，欧阳修把她许配给了堂侄欧阳晟[shèng]。欧阳晟时任虔州司户，期满后回京复命。在前往开封的路上，他竟然发现，张氏与家仆有染。一怒之下，他将两人告上了法庭。

在古代，"通奸"可以定罪入刑，《尚书》甚至规定，"男女不以义交者，其刑宫"，物理阉割，斩草除根。按照宋朝律法，通

奸之人,也是"男女各徒一年半,有夫者二年"。

如果罪名坐实,张氏和仆人肯定都要进监狱。

大堂之上,张氏又惊又怕。为了减轻罪行,她竟然"自抬身份",谎称在出嫁之前,已与舅舅欧阳修有过肌肤之亲。

他可是龙图阁大学士,就问你们怕不怕!

一言既出,满座皆惊。

三

这件事在古书《行营杂录》里还有另一个版本。

欧阳晟在赴京途中接受太守宴请,回来后却大吃一惊,妻、妾与行李,还有租乘的小船,全都消失不见。等到了京城,央请官府出面,才破了这桩离奇的失踪案。

原来是他的小妾与艄公私通,被张氏当场撞破。张氏准备家法伺候,反被小妾所诱,两人都成了艄公的姘头。然后三个人一起,划着小船直奔京城,只留下欧阳晟孤身一人,进退维谷。

如此离奇的情节,即便都市言情狗血剧也不敢这么写。

欧阳晟立刻要求开封府严惩不守妇道之人。

开封府尹杨日严,曾因徇私舞弊,受到过欧阳修的弹劾。为报一箭之仇,他便在公堂之上对张氏威逼利诱,让她承认与欧阳修有过私情。

张氏无奈,只得"如实供认"。

四

  这两个版本情节虽有出入，结论却基本一致：欧阳修与外甥女的"绯闻"，不属实。

  审理此案的判官孙揆［kuí］也认为张氏之语不足信，只定了她和家仆的罪行，没有再追问欧阳修的事情。

  保守派听说之后欣喜若狂，觉得大有文章可做，马上成立专案组，由太常博士苏安世领衔，重启对张氏一案的调查。他们翻箱倒柜，掘地三尺，终于找到了两个"铁证"：

  一是张氏的梳妆盒里，发现了以欧阳修的名义为张氏购买田产的地契。

  二是欧阳修多年前写下的一首小词：

江南柳，叶小未成阴。人为丝轻那忍折，莺嫌枝嫩不胜吟。留著待春深。
十四五，闲抱琵琶寻。阶上簸钱阶下走，恁时相见早留心。何况到如今。

——《望江南》

  在谏官钱勰［xié］、钱逸明等人看来，欧阳修的这首词就是专为张氏所写，而且轻薄露骨、不堪入目。特别是最后一句，"恁时相见早留心。何况到如今"，完全可以证明，欧阳修收留张氏，不是出于好心，而是深怀恶意。

欧阳修

五

当初，欧阳修出知河北，曾有人提议，让大太监王昭明同行，协理地方政事。欧阳修一万个不同意，称内侍监政，史无前例，宁可辞官，也不愿受此奇耻大辱。朝廷这才作罢。

保守派都以为王昭明肯定怀恨在心。这次重审张氏，宰相特意请他监审，想来个借刀杀人。

万万没想到的是，王公公看到苏安世起草的罪状，他义正词严地发出警告：

"我常在皇上左右，他每天都会说起欧阳修。你们这么颠倒黑白，无非是迎合宰相，万一天子追究起来，你看咱们两个人，砍谁的脑袋比较合适？"

苏安世一身冷汗。

加上现在的张氏已经推翻之前的供词，苏安世掂量再三，决定还是维持原判，不采信张氏与欧阳修的"通奸"之说。

为了应付宰相，他便上书朝廷，弹劾欧阳修动用张氏资金，为自己购田置地，算是给保守派一个交代。

六

很明显，这不是保守派想要的结果。

宰相勃然大怒，指使门下谏官再次对欧阳修狂轰滥炸，继续向仁宗施压。至于欧阳修的罪名，则写得含糊不清：

我是人间自在客

> 知出非己族,而鞠于私门;知女有室归,而纳之群从。
> 张氏之资,券既弗明,辩无所验。

张氏不是妹妹亲生,你不该收养进门。张氏有她的族亲,轮不到你把她许配给人。

田产地契,登记不明,无法查证,你家的资产管理混乱至极。

这算哪门子罪行?

明明无罪之身,却被外放出京,在北宋做官,果然如履薄冰。

最终,欧阳修被降为滁州太守,苏安世和王昭明也被贬为州府监税。

正是在滁州,欧阳修写下了千古名篇《醉翁亭记》:

> 环滁皆山也。其西南诸峰,林壑尤美,望之蔚然而深秀者,琅琊也。山行六七里,渐闻水声潺潺,而泻出于两峰之间者,酿泉也。峰回路转,有亭翼然临于泉上者,醉翁亭也。作亭者谁?山之僧智仙也。名之者谁?太守自谓也。太守与客来饮于此,饮少辄醉,而年又最高,故自号曰醉翁也。醉翁之意不在酒,在乎山水之间也。山水之乐,得之心而寓之酒也。
>
> 若夫日出而林霏开,云归而岩穴暝,晦明变化者,山间之朝暮也。野芳发而幽香,佳木秀而繁阴,风霜高洁,水落而石出者,山间之四时也。朝而往,暮而归,四时之景不同,而乐亦无穷也。

欧阳修

至于负者歌于途，行者休于树，前者呼，后者应，伛偻提携，往来而不绝者，滁人游也。临溪而渔，溪深而鱼肥。酿泉为酒，泉香而酒洌；山肴野蔌，杂然而前陈者，太守宴也。宴酣之乐，非丝非竹，射者中，弈者胜，觥筹交错，起坐而喧哗者，众宾欢也。苍颜白发，颓然乎其间者，太守醉也。

已而夕阳在山，人影散乱，太守归而宾客从也。树林阴翳，鸣声上下，游人去而禽鸟乐也。然而禽鸟知山林之乐，而不知人之乐；人知从太守游而乐，而不知太守之乐其乐也。醉能同其乐，醒能述以文者，太守也。太守谓谁？庐陵欧阳修也。

很难想象，蒙受不白之冤的欧阳修，还有此等"与民同乐"的心境和胸襟，必须要点一个大大的赞。

当然，欧阳修到任之后，并没有忘记为自己喊冤正名：

臣生而孤苦，少则贱贫，同母之亲，惟存一妹。
丧厥夫而无托，携孤女以来归。
张氏此时，生才七岁。
臣愧无蓍龟前知之识，不能逆料其长大所为。
在人情难弃于路隅，缘臣妹遂养于私室……
然其既嫁五六年后，相去数千里间，不幸其人自为丑秽……
然臣自蒙睿奖，尝列谏垣，论议多及于权贵，指目不

胜于怨怒。若臣身不黜，则攻者不休。

妹妹是我唯一至亲。

夫丧家散，带着孤女前来投奔，于情于理，我不能不问。

以我的名义，帮她们购买田产，无须刻意避嫌。

如今张氏出嫁六年，相隔千里，我又岂能预料，一个七岁的女孩，后来会守身不正？

这么多年担任谏官，得罪了太多人。我一天不被罢黜，他们就一天不会停止攻击。

欧阳修的冤屈，仁宗自然清楚。当初降他的职，也是为了缓和党争、稳定局势，不得已而为之。

三年后，仁宗便将他改为扬州太守，不到一年，又召他回京，继续委以重任。

七

熙宁年间，欧阳修已年近花甲，官至宰辅，诗文传天下，门生无数。但庆历年间的脏水，又换了一个罪名，当头泼下。

妻弟薛良孺，因荐人失察，被谏官弹劾。他致信欧阳修，希望位高权重的姐夫能够找人运作，帮他豁免罪责。耿直的欧阳修却上书朝廷，建议秉公处理，不要法外开恩。

薛良孺最终被免官，恼羞成怒之后，他竟编出一个天大的谎言，称欧阳修与儿媳吴氏私通，有"帷薄之丑"。

欧阳修

爆料之人又是欧阳修的至亲,大家都觉得,此事相当可信。

于是,一夜之间,欧阳修与儿媳的丑闻传遍京城。

政敌迅速抓住这个把柄,弹劾欧阳修"不重私德""帷薄不修"。

由于"帷薄之私,非外人所知",朝堂上下,除了吴氏的父亲上书为女儿辩解,没有一个官员敢为欧阳修直言。

欧阳修百口莫辩,只得连上多道奏折,请求朝廷彻查,早日还他清白:

> 伏缘之奇所诬臣者,乃是非人所为之大恶,人神共怒必杀无赦之罪,传闻中外,骇听四方。
>
> 若实有之,则必明著事迹,暴扬其恶,显戮都市,以快天下之怒。若其虚妄,使的然明白,亦必明著其事,彰示四方,以释天下之疑……
>
> 若托以暧昧出于风闻,臣虽前有鼎镬,后有斧钺,必不能中止也。

轻薄于晚辈,是人神共怒、必杀无赦的"大恶"。

确有此事,必当万死。若属诬陷,则应查清。

如果任由暧昧风闻,四处窜行,即便前有刀山,后有火海,我也要奋力阻止。

字里行间,仿佛能够看见愤怒的欧阳修气得浑身发抖。

八

好在神宗皇帝历来敬重欧阳修。事情发生后,他写下多篇手诏,安抚欧阳修:

春寒安否?前事朕已累次亲批出,诘问因依从来,要卿知。

天冷了,爱卿是否安好?朕已多次批示,追问传闻出处,有一丝眉目,必当告知于卿。

春暖,久不相见,安否?数日来以言者污卿以大恶。
朕晓夕在怀,未尝舒释。故累次批出,再三诘问其从来事状,迄无以报。

天又暖了,爱卿是否依旧安好?朕一直关注此事,再三要求弹劾之人提供确凿之证,至今都无回音。
显然,这又是一则谣言。
不久,神宗便"出榜朝堂",告知文武百官,欧阳修的事情纯属"虚妄"。然后,又召欧阳修进宫,彻夜长谈,希望他放下包袱,"视事如初,毋恤前言"。
但此时的欧阳修,已经心生倦意。
尔虞我诈的官场,党争不息的朝廷,不值得。

欧阳修

他递上多封辞呈,却始终没有得到恩准。直到王安石执政,欧阳修不支持变法,朝廷才同意他离开京城。

到蔡州当了一年太守之后,1071年,欧阳修正式退休。又一年,病逝于颍州,享年六十六岁。

九

欧阳修曾说:"少时有僧相我,耳白于面,名满天下,唇不着齿,无事得谤。"

此话是不是僧人所说已经无从考证,但欧阳修"名满天下,无事得谤",却是不争的事实。

为什么受伤的总是他?

许多人都认为,是欧阳修年轻时写过太多艳词,落人口实。

清代的徐士銮[luán]也称,如果欧阳修平生不作艳语,那些宵小之徒根本无法下手。他甚至由此感叹,"是以君子当自慎也"。

这就有点冤枉欧阳修了。

北宋宴饮成风,文人士大夫在推杯换盏之余为歌姬舞女填词助兴是很常见的事,不能苛求他一人免俗。

更何况,那些"强整罗裙,偷回波眼""半掩娇羞,语声低颤"般的艳词是否出自欧阳修之手,仍是未知数。

南宋的两个文学家,曾慥和王灼都认为,"当时小人或作艳曲,谬为公词""欧阳永叔所集歌词,自作者三之一耳,其间他人数章,群小因指为永叔起暧昧之谤"。

也就是说,有人先写好艳词,署上欧阳修的名字,为他立起"风流好色"的形象,再炮制与人偷情的故事,以此作为弹劾的证据。

如此缜密的攻击链,自然非政敌不能为之。

北宋党争的激烈程度,丝毫不亚于晚唐,范仲淹、司马光、苏轼、秦观,甚至女词人李清照,都曾经是党争的牺牲品。

身处风口浪尖,欧阳修又岂能幸免?

最要命的是,他性格耿直,多次担任谏职,言辞激烈,论事切直,得罪的人自然不在少数。

如此,"无事得谤",也就在情理之中了。

十

欧阳修与外甥女之间那段根本不存在的"绯闻"能够流传千年,应该也和他爱憎分明、刚强直爽的性格有关。

至和年间,他曾奉诏主编《五代史》。

大半生都在排斥佛教的欧阳修,对虔诚礼佛、广修庙宇的吴越王钱镠,并无好感。再加上张氏一案中,钱勰、钱逸明等人所为,确实略显阴毒。

欧阳修便在史书中,对吴越王室做出了有失公允甚至极为偏激的评价,称其骄奢淫逸、强征暴敛,"非有德泽施其一方""重敛其民以事奢僭,下至鸡鱼卵鷇,必家至而日取"。

这自然得罪了钱氏一族。

于是,钱氏后人便在《钱氏私志》中,记下欧阳修的"乱甥"之事。

这也是最早刊载此事的古书，后来的各种版本全都衍生于此。

（有文章说，欧阳修撰写《五代史》在前，钱勰、钱逸明中伤在后，这明显不符合时间逻辑。）

到了近代，钱锺书老先生主编《宋诗选注》时，曾选入欧阳修《啼鸟》一诗：

> 我遭谗口身落此，每闻巧舌宜可憎。
> 春到山城苦寂寞，把盏常恨无娉婷。

并在诗旁，作了如下注解：

> 《居士集》目录以此诗编在庆历六年。庆历五年欧阳修因甥女张氏暧昧之事，被人诬告，他出知滁州。"谗口"就指捕风捉影攻击他的政敌。

对此，有人做出了过度联想，认为钱锺书重提"暧昧"之事，是作为钱氏后裔，有意为之。

客观而言，钱老先生此举，确实又宣扬了一把欧阳修的"绯闻"。但他已经注明，这是"诬告"，属于"捕风捉影"。作为一个学者，他表现出了应有的公正。

倒是少数质疑钱老先生用意的人，是不是又想添油加醋，继续为谣言带节奏？这和北宋庆历、熙宁年间，欧阳修"绯闻"缠身的时候，那些看热闹不嫌事大的人，有什么区别？

黄庭坚

> 我七岁时,便用一双慧眼将世事看穿

一

2010年6月3日，22时45分，保利春季拍卖会。

书法长卷《砥柱铭》，以8000万元的起价，正式开拍。

8200万，8500万，9000万，1亿！

价格飙得太快，让人目瞪口呆。即便如此，仍然有新的买家，不断从场外拥入。

突破1.6亿后，竞价开始以千万为单位疯狂递增，并迅速攀升至3亿。

23点12分，这个数字，最终定格在3.9亿。

落槌，成交。

27分钟，近70轮竞价，15米长卷，82行正文，400余字，加上12%的佣金，总成交价达4.368亿。书法长卷《砥柱铭》，以刷新世界纪录的价格，对"一字千金"做出了最硬核的诠释。

而它的作者，便是宋朝著名诗人、书法家黄庭坚。

二

天才的童年大都十分相似，就好像是不同的演员，采用同一个剧本表演。

黄庭坚

黄庭坚"幼警悟,读书数过辄诵",只要书在手中,不久便能全文背诵。

舅舅李常对此深表怀疑,看到架上有许多藏书,就随便抽了几本提问。没想到的是,黄庭坚的对答,竟如巧克力般丝滑。李常当场就惊掉下巴,直夸外甥的才学"一日千里""必有大为"。

更神奇的,还在后面。

这天,黄庭坚远远望见,一个牧童正骑在牛背上缓缓从村前走过。

微风轻荡,笛声悠扬,牧童的脸庞,一副悠闲自得的模样。

他顿时觉得,和这个放牛娃相比,那些追名逐利的人真是太浅薄了:

> 骑牛远远过前村,短笛横吹隔陇闻。
> 多少长安名利客,机关用尽不如君。
>
> ——《牧童诗》

请注意,此诗写于1051年,黄庭坚当时只有七岁。

这是什么概念?

相当于一个刚上小学的孩子,坐在自家门外,摇着纸扇,端着瓷杯,还跷着二郎腿。听到长辈谈起家国大事,说到京城里的权力斗争,他便喝一口茶,抿一抿嘴,吐出两片茶叶,然后满脸不屑地从唇齿间挤出两个字:"幼稚!"

有没有被吓到?

即便著名"神童"骆宾王,七岁时写下的《咏鹅》,也不过是一幅充满童真的画卷,而同龄的黄庭坚,那早慧的双眼已将世事看穿。

别急着惊讶,传奇还在继续。

三

第二年,同村的友人进京赶考,他又欣然赋诗相赠:

万里云程着祖鞭,送君归去玉阶前。
若问旧时黄庭坚,谪在人间今八年。

请转告皇帝老儿,我本是天上神仙,谪在人间已有八年。

联系上下文来看,应该是文曲星没错了。

果然壮志凌云、豪气冲天。好在他的才华,确实撑得起这份自信。

1067年,二十三岁的黄庭坚进士及第,由此正式迈入仕途。

在叶县做了几年县尉之后,因为北京(河北大名)留守文彦博的赏识,又在国子监当了八年教授。

此间十余年,他的个人生活也值得一说。

在湖州,经岳父孙觉引荐,他的诗文获得苏轼五星好评:"超逸绝尘,独立万物之表,世久无此作。"

有文坛领袖站台背书,黄庭坚立刻"声名大震",从十八线的青年写手,一跃成为北宋文坛的耀眼新星。

他先后有过两段幸福的婚姻。

妻子孙兰溪,聪明贤惠,从无嫌弃家贫之语,也无搬弄是非之句。继室谢介休,善良体贴,俭朴孝顺,且多才多艺,佛学、女红、诗文,无所不精。

但遗憾的是,这两任妻子都因病早逝。

多年后,黄庭坚在撰写墓志铭时,想起从前的点点滴滴,自是悲难自已:

> 呜呼,如兰溪之女美,介休之妇德,皆室家之则也。尝欲以楚辞哭之,而哀不能成文。
>
> ——《黄氏二室墓志铭》

四

> 环滁皆山也。望蔚然深秀,琅琊山也。山行六七里,有翼然泉上,醉翁亭也。翁之乐也。得之心、寓之酒也。更野芳佳木,风高日出,景无穷也。
>
> 游也。山肴野蔌,酒洌泉香,沸筹觥也。太守醉也。喧哗众宾欢也。况宴酣之乐、非丝非竹,太守乐其乐也。问当时、太守为谁,醉翁是也。

这是黄庭坚的《瑞鹤仙》。虽然只有百余字,却尽得《醉翁亭记》原文神韵。

在为政上,他也和欧阳修一样,走的是宽简与平易之道。

1080年,三十六岁的黄庭坚,改任泰和知县。

当时,朝廷刚刚颁布盐税法。为了邀功请赏,各地都争先施行,催征税款。唯独泰和县不见丝毫动静,官吏一脸苦闷,百姓却欢天喜地。

哲宗即位后,太皇太后高氏听政。黄庭坚应召进京,担任校书郎、检讨官,负责编撰《神宗实录》。

同期进入秘书省的,还有张耒、秦观和晁补之。

> 如黄庭坚鲁直、晁补之无咎、秦观太虚、张耒文潜之流,皆世未之知,而轼独先知。
>
> ——苏轼《答李昭玘书》

就这样,苏轼最赏识的四个年轻人,成了一个写字楼里的同事。公务之余,他们少不了饮酒作乐、赋诗填词,堪称北宋文坛的"F4"。

"诗文一出,洛阳纸贵",其受欢迎的程度,丝毫不亚于今天的流量小生。

"苏门四学士"的美名,正是源于此时。

为皇家修史,使命光荣,任务艰巨,风险极高。若是朝廷满意,仕途自可再进一步。但稍有差池,则会危及前程,甚至搭上身家性命。究竟会是哪种结果,不仅要看实力,更要凭运气。

黄庭坚却很特殊,既尝到了甜头,也咽下了苦果。《神宗实录》完稿后,高氏很满意,很快便提拔黄庭坚为近臣,让他担任起居舍人,负责记录天子日常和朝政大事。

但黄庭坚没有想到的是,他呕心沥血编修的国史,日后竟成为政敌栽赃陷害他的把柄。

五

1094年,黄庭坚出任鄂州太守。在赴任途中,他突然接到通知,要求留在开封地界,等候朝廷质询。

黄庭坚顿时有种不祥的预感。他为人坦荡,行事正派,自然无惧任何调查。只是哲宗刚刚亲政,支持变法的章惇拜相,包括苏轼在内的"旧党"之人,尽遭罢黜。

黄庭坚位列"苏门四学士",又岂能逃过此劫?

果然,章惇和蔡卞等人煞费苦心,在《神宗实录》中找到千余条"铁证",称黄庭坚在编修的国史中,有很多诬陷失实之词。

但经过史官核实,绝大部分内容都是有据可依。

剩下的几件事,他们强烈要求黄庭坚"给个说法"。

蔡卞质问:"你写'用铁龙爪治河,有同儿戏'。这不是造谣生事、污蔑朝政吗?"

黄庭坚回应:"当年我在大名府任职,曾亲眼见到此事。他们治水,的确如同儿戏。"

态度如此强硬,亲朋好友都非常担心。

黄庭坚却大手一挥:"用事实说话,不怕!"

但是在宋朝,给官员定罪,"莫须有"就可以了。

果然,在章惇的指使下,谏官依旧上书,坚称黄庭坚"诋熙宁以来政事,乞重行窜黜"。

最终,黄庭坚被降为涪州别驾,先后安置在黔州、戎州。两州地处西南,山高路远,穷乡僻壤,说是任职,实为流放。但黄庭坚很是坦然:

万里黔中一漏天。屋居终日似乘船。及至重阳天也霁。催醉。鬼门关外蜀江前。

莫笑老翁犹气岸。君看。几人黄菊上华颠。戏马台南追两谢。驰射。风流犹拍古人肩。

——《定风波·次高左藏使君韵》

开怀饮,放声歌,不要苦心去琢磨。

白发戴花,骑马射箭,神采风流,可与古人比肩。

到任后,他和当地书生打成一片,讲学传道,指点诗文,很受他们的欢迎。

六

只是在前往黔州的途中,黄庭坚应下的一个承诺,为日后的颠沛流离再次埋下了祸根。

过荆州时,当地正在重建承天寺。住持久闻黄庭坚大名,便想在落成之后,请他为新寺作记。

黄庭坚当场答应。

六年后，哲宗病逝，徽宗即位，向太后听政，新旧两党的命运，又开始了新一轮的交替浮沉。

苏轼、苏辙、秦观等人相继接到诏书，被调回中原。黄庭坚也在被赦之列。

从四川返程时，他特意在荆州停留，为承天寺作记。当天，湖北转运使陈举也在场。

陈举提了一个小小的请求："某等愿记名不朽，可乎？"把名字刻入石头，自然是想"不朽"。

按理说，堂堂一方大员，亲临作记现场，既是对佛教工作的高度重视，也是对黄庭坚本人的热情支持，提出这样的要求，不算太过分。

对作记的人来说，也就是多写两个字的事。

但耿直的黄老先生当场拒绝了转运使大人，任由陈举的一张老脸，红一阵，黑一阵，尴尬万分。

1103年，向太后还政于徽宗，支持新法的赵挺之拜相。

陈举趁机献上《荆南府承天院记》，并将其中的一段话着重强调，弹劾黄庭坚"幸灾谤国"：

> 儒者尝论一佛寺之费，盖中民万家产也，实生民谷帛之蠹，虽余亦谓之然。然自余省事以来，以观天下财力屈竭之端，国家无大军旅勤民丁赋之政，则蝗旱水溢或疾疫连数十州，此岂生民之共业，盈虚有数，非人力所能胜者邪！

这本是就事论事的一番感慨而已,毫无幸灾讽刺之意。很明显,"幸灾谤国"又是一个无中生有的罪名。

在大宋,这样的弹劾几乎百试百中。很快,黄庭坚就被革职,押往宜州羁管。

途中,他遇见秦观的儿子秦湛、女婿范温扶柩北上。

原来秦观接到诏书不久,便病逝于藤州。

黄庭坚伤心之余,将自己仅有的盘缠全都送给了秦湛。而他自己,也在两年之后,客死于宜州贬所,终年六十一岁。

七

时间回到 1085 年,在德州任职的黄庭坚,曾给四会知县黄几复写过这样一首诗:

> 我居北海君南海,寄雁传书谢不能。
> 桃李春风一杯酒,江湖夜雨十年灯。
> 持家但有四立壁,治病不蕲三折肱。
> 想见读书头已白,隔溪猿哭瘴溪藤。
>
> ——《寄黄几复》

同乡好友,京师一别,天南地北,音信相隔。

当年桃李盛开,春风拂面无尽欢。

如今漂泊江湖,孤灯夜雨对愁眠。

胸怀凌云万丈才,半生襟抱未曾开。

身渐老,发已白。家徒四壁,一贫如洗。

瘴气弥漫,猿猴悲啼,不知何时才能离开这艰险之地?

一封寄给友人的书信,却成为传诵千古的名篇。特别是"桃李春风一杯酒,江湖夜雨十年灯"之句,更是时人竞相效仿的典范。全联不用一个动词,仅用六个意象,就写尽相聚得意之乐,说尽相思落寞之苦。

这种名词串联之法,前有温庭筠的"鸡声茅店月,人迹板桥霜"(《商山早行》),后有马致远的"枯藤老树昏鸦,小桥流水人家,古道西风瘦马"(《天净沙·秋思》)。

但论起对比之强烈,画面之突出,意象之丰富,情感之浓郁,都不及黄庭坚之语。

至于末尾四句,表面上写友人,实则写自己。

和黄几复一样,黄庭坚的一生也是空有凌云之志,却无青云之路。刚直不阿、宁折不屈的性格,让他在党争不息、权斗不止的北宋,几乎没有立足之地。

好在黄庭坚看得淡然,活得通透,对尔虞我诈、蝇营狗苟之辈更是不以为意,甚至嗤之以鼻。

"多少长安名利客,机关用尽不如君",千金虽好,哪里买得到自在和逍遥。

八

其实,黄庭坚有没有官居一品、位极人臣,并不影响世人喜欢他的诗文、仰慕他的为人。

论诗,他师法杜甫,比肩苏轼,强调"夺胎换骨""点铁成金",对宋代文坛影响深远,开创了中国文学史上第一个有正式名称的诗文流派——"江西诗派"。

论书,他精通行、草,楷书自成一体,与米芾、苏轼、蔡襄并称"宋四家"。

论人品,他至孝至诚。母亲病重,他衣不解带,昼夜服侍。母亲去世后,他在墓旁筑室守孝,积郁成疾,几近不治。

他数十年如一日,坚持每天为母亲清洗便器的故事,更是被写成文字,录入《二十四孝》。

元祐年间,朝廷荫补,符合条件的官员可以推荐儿子入仕。

黄庭坚却特意上书朝廷,愿意委屈儿子,将做官的机会无偿转让给家境更加贫寒的侄子。

作为"旧党"中人,他一生受尽"新党"迫害。但王安石变法失败,闲居南京半山之时,他专程赶到江宁,看望这位"新党"的精神领袖。

王安石死后,黄庭坚更是连写两首《有怀半山老人再次韵》,字里行间,全是真切的敬重与怀念:

其一
短世风惊雨过,成功梦迷酒酣。
草玄不妨准易,论诗终近周南。

其二
啜羹不如放麑,乐羊终愧巴西。
欲问老翁归处,帝乡无路云迷。

正是因为文品与人品的高度统一,苏轼在向朝廷举荐官员时,才专门给黄庭坚写下了这样的话语:"瑰伟之文妙绝当世,孝友之行追配古人。"

这评价,一点都没有夸大。

宋濂

开国文臣之首,皇室首席秘书

一

大明洪武年间,应天府。

早朝结束,百官散去。朱元璋特意留下宋濂,笑呵呵地发问:"爱卿啊,昨夜喝酒没?和谁喝的?吃了些啥?"

"这皇帝老儿!"宋濂眉头一皱,本想来个否认三连:"我不是,我没有,别瞎说啊!"

但身为高级官员,八小时以外的生活也不能向朝廷隐瞒,他只得毕恭毕敬,将昨晚宴饮的酒水、菜肴,以及参与之人,悉数回禀。

朱元璋频频点头:"汝等聚会之时,朕曾派人察看过,与你所说无二。爱卿果然实诚!"

宋濂再次躬身:"君王如父、如天,岂敢有一丝欺骗!"

"哈哈哈……"这番教科书般的操作,自然让朱元璋龙颜大悦,他对宋濂的信任从此又坚定了几分。

这样一段画面如果出现在影视剧里,观众百分之百会认为,宋濂肯定是个不学无术的奸人媚臣,品格低下,只会溜须拍马。

那可真就冤枉宋大人了。

宋 濂

二

1310年,宋濂出生于金华浦江。

他是个早产儿,从小体弱多病,动不动就会眩晕昏迷,幸有祖母和母亲悉心照料,才得以长大成人。

尽管如此,幼时的宋濂已俱备"神童"的全部特质:天赋异禀、聪明绝伦、下笔千言、出口成章、一目十行、过目不忘……小小年纪,便已名满四方。

同村的张继之,为了一探究竟,还专门将他接到家里,测试他的学问。

一番"请听题""请作答"下来,宋濂的完美表现,让张继之彻底折服。

不管是单选、多选,还是简答、论述,宋濂都是轻车熟路、对答如流。

即便是"春秋三传"中那些复杂艰涩的知识点,他也能不假思索、脱口而出。

张继之连忙告诉宋濂的父亲:"这娃天分非凡,若有名师指点,日后必有大成!"

宋父深以为然,便带上宋濂,四处求访名师。

此后数年,宋濂相继就学于闻人梦吉、吴莱、柳贯、黄溍[jīn]等儒林大家,学业自是突飞猛进。

最关键的是,这些文坛宗师,无一不对宋濂推崇备至,甚至自叹不如。

有他们站台背书,宋濂很快便成为元末文坛最受瞩目的"后浪"。

三

惠宗至正年间,朝廷下旨,召宋濂入京,担任翰林编修。

由科举至翰林,由翰林而朝臣,这是古代书生改变命运、改写人生的标准路线。跳过科举,直接入职翰林,那更是读书人梦寐以求的捷径。

然而,宋濂却以双亲年迈为由,婉拒了天子盛情。随后,又一头躲进龙门山,闭门不出,潜心著书。

看上去,宋濂已与仕途彻底绝缘。其实他的心里,满是矛盾和纠结。

> 呜呼,德泽弗加于时,欲垂空言以诏来世,古志士所深悲也。
>
> 尚父不见西伯,老于渭水之滨耳;孔明不三顾,终于隆中之墟耳。
>
> ——《龙门子凝道记》

无功于当时,却奢望能有些许言论可以感召后人,这实在是有志之人最大的悲哀。

若是没有文王,姜子牙只会死于渭水之畔。没有三顾茅庐,诸葛亮也只能终老于隆中。

宋　濂

很明显，饱读圣贤书的宋濂，一直心系社稷苍生。他自比姜尚和孔明，却发现自己远没有他们幸运。

当朝天子不是刘备，更不是姬昌。大元立国已近百年，在他的治下，已是奄奄一息，气数殆尽：

> 今剑稍交横，白骨不葬，高如丘陵。
> 宫室化为灰烬，生民流亡，㤭㤭无所依。
> 田野荒芜，五谷不生。猫虥［zhàn］成行，白昼出郊，行人鲜少，腥风秽洒。
> 生民之凋丧极矣，在人上者，其有以拯之乎？
> ——《龙门子凝道记》

战乱不息，民生凋敝，田野荒芜，百姓流离，当政者却置若罔闻、漠不关心。

"天下有道则见［xiàn］，无道则隐。"这样的朝廷，怎可托付终身？

更何况，宋濂自幼志向远大，不屑扫一屋，只愿扫天下：

> 非人君北面而事之不轻出，出则必为帝者师。
> ——《太白丈人传》

没错，除非直接辅佐君王，否则绝不轻易出山。任职的话，最起码得当个皇帝老师。

别以为宋濂是痴人说梦,很快,他就实现了第一个小目标。

四

1359年,朱元璋发兵浙东,攻下婺州后,便召见了宋濂。

一个求贤心切,一个待时而动,两人一见如故,一拍即合。经朱元璋提议,婺州设立郡学,宋濂受邀入校执教。

第二年,宋濂来到应天府,被任命为儒学提举,统领江南祭祀、办学、钱粮等事宜。三个月后,他的职务再次调整,担任太子陪读,为朱标讲授五经,同时兼任起居注,专门记录朝政大事和皇帝的日常言行。

就这样,短短两年,宋濂便由一介布衣,华丽变身为天子近臣。

果然,不是形势所逼,谁愿意携一身才华,隐于荒山悬崖?

此时的宋濂,已过知天命之年。作为一个刚刚进入朝廷的读书人,他的年龄毫无优势可言。但后来的事情证明,这位大明官场的"老同志",升职的速度秒杀了一众年轻人。

五

1368年,朱元璋下诏,命宋濂主持编修《元史》。

自古以来,大部分开国皇帝都有为前朝修史的惯例,以从中汲取教训,总结经验,巩固自家的政权和江山。

以国家的名义修史,从来就不是一个轻松活。既要最大限度地

宋 濂

尊重事实,又要照顾好当朝天子的情绪,史料怎么挑选,情节如何裁剪,哪里该侧重,何处要避讳,每一个细节都要思虑周全。

若是分寸拿捏不准,轻则乌纱难保,重则老命堪忧。

很明显,朱元璋把这个差事交给宋濂,是对他的智商和情商、学问和品行的双重信任。

好在宋濂没有辜负天子的这份厚爱。

《元史》修成后,朱元璋极为满意,当场就提拔宋濂为翰林学士。

此后十年间,宋濂一直都在天子身边,历任礼部主事、知制诰、学士承旨,为皇室编订礼乐制度、起草机密诏令,还兼任赞善大夫,负责以礼法的标准,规劝太子的言行。

最关键的是,朱元璋出身草根,对治国理政之术总是满怀好奇之心。而宋濂的才华与学识,刚好能解答天子的所有疑问。

朱元璋曾问他:"要做一个好皇帝,该读哪些书?"宋濂立马给他安排了一份长长的书单。

朱元璋不仅"照单全收",还命人将其中的《大学衍义》写在大殿两侧,晨诵午读,日思夜省。

遇有疑惑之处,必会召来宋濂,当面请教,共同探讨。一番切磋之后,茅塞顿开的朱元璋兴奋得连连点头,朝着宋濂又是敬茶,又是拱手。

堂堂九五之尊,在学识和师长面前,竟也虔诚得如同一个小学生。

作为开国之君,朱元璋最关心的事情,自然就是这刚刚打下来的江山,能不能坐得稳。

天象稍有异常,他就特别慌张,逮住宋濂就问:"快说,这是祥瑞,还是凶兆?"

宋濂却很平静:"国运的根本,不在上天,而在百姓。君王施仁政、得民心,则万事皆顺。《春秋》只记灾祸,不写祥瑞,就是这个道理。"

原来如此!朱元璋终于长舒了一口气。

此后,不管是彗星袭月,还是天狗食日,朱元璋都能坦然视之。

就这样,从小想当"帝者师"的宋濂,已然成为朱元璋的"首席秘书""心灵导师""贴身顾问"。

果真是"有志者,事竟成"。

六

或许是因为家穷、人丑、读书少,朱元璋对文质彬彬的读书人总是会高看一格,礼遇三分。

"状貌丰伟,美须髯"的宋濂,自然备受天子青睐。

每次召见宋濂,朱元璋都会设座赐茶,从共进早膳开始,往复咨询,终日畅谈,至深夜时分,仍然意犹未尽。

明知宋濂酒量不行,朱元璋却经常劝他多饮。

待宋大人三杯下肚,行不成步,朱元璋才会心满意足,然后写下《醉学士诗》,让群臣应制。

他还将甘露兑入汤中,当面递给宋濂:"这是十全大补之方,能益寿延年,特与爱卿分享。"

这就厉害了。即便诗仙李白，也只是在人生的巅峰时刻，享用过天子亲手调制的羹，而且一次过后，绝无再有。

可对宋濂来说，这些恩宠与优待如同家常便饭，屡见不鲜。

当然，他也没有像李白那样，张狂任性，不食人间烟火。宋濂深谙世事，稳重谨慎，既不违心谄媚，也不暗箭伤人。

朱元璋曾私下问话，让他对文武百官，逐一评价。宋濂张口就来，一口气对数十位大臣都给予了五星好评。

朱元璋继续追问："然后呢？"

宋濂却说："没有然后了。"

朱元璋不解："朝中就没有坏人了吗？"

宋濂满脸正色："微臣的朋友圈，非忠即贤。尚未结交的同僚中，纵有佞巧之人，也实不知情。"

滴水不漏。

刑部主事茹太素，上万言书批评朝政，朱元璋大怒。左右也随声应和："诽谤朝廷，此为大不敬！"

唯有宋濂仗义执言："陛下正广开言路，茹太素是在尽忠，岂能治罪？"

朱元璋听后，又重看了一遍奏章，才发现其中诸多观点都言之有据、言之有理，不禁摇头叹息："若是没有景濂，朕几乎犯下大错！"

随后，便赏赐宋濂绸缎百匹，还当面叮嘱："爱卿今年六十有八，三十二年后，此物可做百岁衣。"

宋濂感动得一塌糊涂，连连叩首。

1377年，宋濂告老还乡，朱元璋亲自为他饯行，并特意恩准，

退休后的宋濂可每年进京一次：

> 白下开尊话别离，知君此后迹应稀。
>
> ——朱元璋
>
> 臣身愿作衡阳雁，一度秋风一度归。
>
> ——宋濂

不久，天子又赋诗一首，对宋濂的事业与文章，再次做了全面肯定：

> 从前事业功尤著，向后文章迹必传。
> 千古仲尼名不息，休官终老尔惟全。

宋濂的这份荣耀与待遇，恐怕连唐玄宗朝的贺知章都赶不上。

但遗憾的是，作为史上最多疑的帝王，朱元璋在诛杀功臣宿将时同样没有放过宋濂。

1380年，朱元璋以"图谋不轨"的罪名，灭宰相胡惟庸九族，前后共处死3万余人。宋濂次子宋璲、长孙宋慎，也牵扯其中，双双被朝廷处以极刑。

经马皇后和太子力保，朱元璋才格外开恩，免了宋濂死罪，将宋氏一家，流放至四川茂州。

第二年，宋濂便死于流放途中，享年七十二岁。

宋 濂

七

宋濂能成为明朝开国文臣之首,绝对不是偶然。

他有天分,但更勤奋。那篇广为流传的《送东阳马生序》,便是最有力的证明:

> 余幼时即嗜学。家贫,无从致书以观,每假借于藏书之家,手自笔录,计日以还。天大寒,砚冰坚,手指不可屈伸,弗之怠。录毕,走送之,不敢稍逾约。以是人多以书假余,余因得遍观群书。既加冠,益慕圣贤之道,又患无硕师、名人与游,尝趋百里外,从乡之先达执经叩问。先达德隆望尊,门人弟子填其室,未尝稍降辞色。余立侍左右,援疑质理,俯身倾耳以请;或遇其叱咄,色愈恭,礼愈至,不敢出一言以复;俟其欣悦,则又请焉。故余虽愚,卒获有所闻。
>
> 当余之从师也,负箧曳屣,行深山巨谷中,穷冬烈风,大雪深数尺,足肤皲裂而不知。至舍,四支僵劲不能动,媵人持汤沃灌,以衾拥覆,久而乃和。寓逆旅,主人日再食,无鲜肥滋味之享。同舍生皆被绮绣,戴朱缨宝饰之帽,腰白玉之环,左佩刀,右备容臭,烨然若神人;余则缊袍敝衣处其间,略无慕艳意。以中有足乐者,不知口体之奉不若人也。盖余之勤且艰若此。今虽耄老,未有所成,犹幸预君子之列,而承天子之宠光,缀公卿之后,日侍坐备顾问,

四海亦谬称其氏名,况才之过于余者乎?

今诸生学于太学,县官日有廪稍之供,父母岁有裘葛之遗,无冻馁之患矣;坐大厦之下而诵《诗》《书》,无奔走之劳矣;有司业、博士为之师,未有问而不告,求而不得者也;凡所宜有之书,皆集于此,不必若余之手录,假诸人而后见也。其业有不精,德有不成者,非天质之卑,则心不若余之专耳,岂他人之过哉!

东阳马生君则,在太学已二年,流辈甚称其贤。余朝京师,生以乡人子谒余,撰长书以为贽,辞甚畅达,与之论辩,言和而色夷。自谓少时用心于学甚劳,是可谓善学者矣!其将归见其亲也,余故道为学之难以告之。谓余勉乡人以学者,余之志也;诋我夸际遇之盛而骄乡人者,岂知余者哉!

他有超世之才,也有坚韧不拔之志。为了择木而栖,待时而起,甘愿隐居深山数十载,居陋室,穿裋褐,食脱粟,以至"正冠则缨绝,捉襟则肘见",年近五旬,才遇得良人。

他忠君敬上,诚实谨慎。虽是天子身边的大红人,为人处世却极有分寸,内廷为官多年,从不妄谈政事,也不背后指责他人。

    官内廷久,未尝讦[jié]人过。

——《明史》

宋 濂

朱元璋有意让他参与政事，担任要职，他却一再推辞："微臣没有其他长处，能就近侍奉皇上，已是莫大的荣光！"

识人识己，知进知退，这可是大智慧。

晚年的朱元璋，曾经因为政治上的需要，有杀死宋濂之心，但他对宋濂的评价始终基于事实，很是公允：

> 古之人太上为圣，其次为贤，其次为君子。若宋景濂者，事朕十九年，而未尝有一言之伪，诮一人之短，宠辱不惊，始终无异。其诚所谓君子乎？匪止君子，抑可谓之贤矣。
>
> ——《明史》

上等人有三类，圣、贤、君子。宋濂为官十九年，未说一句假话，未揭一人之短。不只是君子，堪称贤人。

宋濂的墓地在四川，老朱家的几任蜀王，都曾前往祭拜。建文帝即位后，感念宋濂与皇室的旧情，特召宋璲之子任职翰林。孝宗时，朝廷恢复宋濂官职，官方每年祭祀两次。武宗时，又追谥为"文宪"。

宋濂若是泉下有知，或当安息。

于谦

粉身碎骨浑不怕,
要留清白在人间

一

大明正统十四年（1449），瓦剌［là］太师也先，挥师南下，直逼大同，威胁京都。

英宗皇帝大为恼怒："朕要御驾亲征，消灭来犯之敌！"

掌印太监王振，最先应声："吾皇圣明！区区乱匪，岂能对抗天威！"

吏部尚书王直却站起来反对："如今秋暑未退，粮草不足，贸然出击，危险系数太高。"

其余各部长官，也纷纷附议。

年轻气盛的英宗却一声冷哼："我大明历代帝王，皆能征善战，威震四方，朕要亲率雷霆战将，亮剑沙场！"

他并没有夸大其词。

除了被叔父篡位的朱允炆，明初的几位皇帝的确都有过赫赫战绩。

朱元璋建立大明，朱棣发动靖难之役，仁宗坚守北京，宣宗平定叛乱……想起先辈的光辉事迹，英宗的热血立刻沸腾不已。他坚定地认为，文武双全、英勇善战，是刻在老朱家基因里的东西。

打仗，那还不跟闹着玩一样。

结果，还真是跟闹着玩一样。

出发前，英宗特意嘱托有司，在京城最繁华的闹市，张贴皇榜，预告战事：请关注，看天朝精兵强将，怎样驰骋沙场，并出手如闪电，对阵就分输赢。

行军至大同，朝廷又发了一则告示，在提醒民众的同时，还抄送给了朝鲜、日本、安南等邻国：当朝天子首次御驾亲征，就在今秋，请关注战情并静候佳音。

字里行间，信心满满。

百姓也都翘首以盼，希望英明神武的帝王能够早日消除战乱，赶走虎狼。

但前方的战况急转直下，让人猝不及防。

二

昂首挺胸、自信爆棚的英宗尚未行至大同，就惨遭敌军多次伏击。

心生怯意后，他准备班师回朝，却在一个叫土木堡的地方，被也先围困。

匆忙上阵、人心涣散的明军，面对来势汹汹、训练有素的蒙古铁骑，很快就自乱阵脚、溃不成军。

危急关头，监军太监王振却不思突围之策，不献御敌之计，只用荒诞的借口，回应天子的怒吼：

蒙古人不讲武德，他们偷袭。

我们大意了啊，没有闪……

最终，明朝二十万大军伤亡过半，太师、驸马、兵部尚书、户部尚书等数十位高官死于混战。英宗被俘。

九五之尊的御驾亲征，终究变成了一场"千里送人头"的闹剧。

得意扬扬的也先，迅速安排使者，喊话北京：陛下现在一切安好，请勿挂念。待时机合适，我会亲自护送回京。

这话伤害性不大，侮辱性极强。

对大明而言，天子被俘，丢失的不仅仅是颜面，还有可能是江山。

前方兵败的消息传来，朝中立刻有人提议，三十六计，走为上计。侍讲徐珵进言："星象有变，国都当南迁。"

兵部侍郎于谦，劈头盖脸训斥："这是想让大明成为第二个南宋吗？妖言惑众者，当斩！"

此时留守监国的，是郕［chéng］王朱祁钰。他同意于谦的观点，但还是有些慌乱："劲旅精骑，皆陷于前方，城中将士，不足十万，何以为守？"

于谦早有准备："可调两京、河南备操军，山东及南京沿海抗倭军，还有江北及北京诸府运粮军，则京师可保。"

郕王这才长舒了一口气。他随即下令，擢升于谦为兵部尚书，统领北京防务。

著名的"京师保卫战"，由此拉开序幕。

三

1398年，于谦出生于杭州府钱塘县。

据说七岁时，一位云游四方的高僧给于谦相面，之后便惊诧不已，称他日后必是国之栋梁，出将入相。

不愧是高僧，预言极准。

后来的于谦，不管是学业，还是仕途，表现都非常抢眼。

二十三岁时，他便金榜题名，高中进士。

宣德初年（1426），他担任御史，论及百官得失，总是思路清晰，声音洪亮，言语流畅，天子对他很是赞赏。

都察院长官顾佐，历来清高严苛，经常批评同僚，训斥下属，却对于谦这个手下心服口服。

汉王朱高煦在乐安谋反，宣宗皇帝御驾亲征。等到朱高煦出城投降之时，天子让于谦代表朝廷，历数其罪行。于谦义正词严，声色俱厉，只三言两语，就将朱高煦批判得痛哭流涕、伏地不起，连称罪该万死。

书生一张口，堪比百万兵。

天子极为满意，在战后的总结表彰大会上，也视于谦为有功之臣，和对待冲锋陷阵的将士一样论功行赏。

果然知识就是力量。

此后，于谦便备受皇帝信任，先是巡视江西，考察吏治，平反冤案数百件，处理了一大批地方官员，后又被越级提拔为兵部右侍郎，巡抚河南、山西。到任后，他轻车简从，遍访乡亲，体察民情，多次上书朝廷，为民请命。

村落甚荒凉，年年苦旱蝗。

我是人间自在客

> 老翁佣纳债，稚子卖输粮。
>
> 壁破风生屋，梁颓月堕床。
>
> 那知牧民者，不肯报灾伤。
>
> ——《荒村》

村落荒凉，连年灾荒。

卖儿卖女，都凑不够公粮。

墙不能挡风，屋不能避雨。

衙门里的官员，却熟视无睹。

民生多艰，既是天灾，也有人祸。

为了改善百姓处境，于谦建议朝廷，各级衙门均应设置"预备粮"。

极端贫穷的下等户，可在春季向州府借粮，待秋收之后再行偿还。"预备粮"不足的州县，长官任期虽满，也不得升迁。

皇帝恩准，诏令施行。豫、晋两地的百姓，无不拥戴于谦，感恩朝廷。

黄河沿岸，每逢雨季，常有决口，村庄十年九涝，庄稼颗粒无收。于谦在下令厚筑堤坝的同时，还要求每个乡里都设置亭长，负责监督修缮堤坝，带领村民种树挖井。几年后，当地不仅河道安澜，远离水患，且榆柳夹路，绿树成荫，百姓从此再无旱涝之苦。

大同远在塞外，巡抚山西的官员，常常无法顾及。于谦便上奏天子，请求另设御史治理，并把镇边将领私自开垦的农田收归国有，用于边防。

于　谦

一时间，于谦威名远扬，连太行山上的强盗都避之唯恐不及。

九年后，因政绩突出，他再次升迁，任兵部左侍郎，享受二品俸禄。

四

正统年间，执掌内阁的是杨士奇、杨荣和杨溥[pǔ]三位大学士。

于谦颇受"三杨"器重，早晨递交的奏章，傍晚就能批回。这让同僚极为眼红。

于谦每次进京，从来都是两手空空，不会携带任何礼物。朋友好心相劝，说找人办事，得学会打点。

于谦笑而不语，只写下四行诗句：

> 绢帕蘑菇与线香，
> 本资民用反为殃。
> 清风两袖朝天去，
> 免得闾阎话短长。
>
> ——《入京》

田间地头的物品，本该由农民享用。却因为珍贵稀有，被州府搜刮，给百姓招来灾祸。

官员两袖清风去朝见天子，才不会有负于民、有愧于心。

这官当得，着实清廉。但在大明官场，清廉也是一种危险。

"三杨"相继去世后,大太监王振开始掌权。他对这个不会来事的于谦,越看越不顺眼。

适逢于谦入朝,举荐参政王来、孙原贞接替自己。

通政使李锡为了迎合王振,便上书弹劾于谦,称他此举是要挟朝廷为其升职,属大不敬。

真是让人惊叹的逻辑,让人无语的推理。

更神奇的是,于谦的罪名,竟然被坐实。

他被判了死刑,关入天牢。

山西、河南的官员和百姓听到这个消息后,自发前往北京,数千人跪在宫门外,联名上书,请求朝廷刀下留人。

老朱家的周王、晋王,也在天子面前为于谦说情。

迫于沸腾的民意和舆情,王振只得辩称,当初要惩办的是一个和于谦同名的人。

终于,被关押了三个月后,于谦出狱,获任巡抚之职,再次成为朝廷重臣。

五

英宗被俘后,于谦被火速提拔为兵部尚书,并提督各营军马,将士皆受其统辖。

临危受命的于谦只用了三招,便打赢了"京师保卫战"。

一是全民抗敌。除了调配兵力,加强训练,日夜备战,于谦还善于发动群众。他把京城里的青壮年全都拉进前线,木工做云梯、

造兵器,石匠筑城墙、挖战壕,没有手艺的百姓就负责将周边的粮草运进京城。

二是鼓舞士气。面对大军逼近,有些将士心生怯意,只愿守,不敢攻,于谦就亲自督战,并告诫众人:"奈何示弱,使敌益轻我!"

没错,敌人像弹簧,你强他就弱,你弱他就强。

三是严明军纪。出城迎战之后,于谦就下令关闭城门,并约法三章:"将不顾兵,临阵脱逃者,斩其将;兵不顾将,退缩不进者,后队斩前队。"

军令如山,将士莫敢不从。

加之于谦身先士卒,冲锋陷阵,又有火器部队"神机营"的辅助,以及充足的后勤保障,大明将士顿时军心大振,斗志倍增,前方捷报频传,瓦剌伤亡惨重。

待到十月下旬,也先不得不下令撤军,退回漠西。于谦领导的"京师保卫战",取得了决定性的胜利。

此时的于谦,刚过知天命之年。

经此一战,他的资历、威望和功绩,在朝堂之上几乎无人可比。廷对他的倚重也是与日俱增。他的所论所奏,天子从来不会否定,全都批准施行。

"木秀于林,风必摧之",身居要位且为人正直的于谦,难免遭人嫉恨,一张围捕他的猎网,已经在暗地里悄然织成。

我是人间自在客

六

当初,英宗失陷,东宫未定,国不可一日无主。

太后有意立郕王为帝,郕王却一再推辞。

直到于谦动之以情、晓之以理,一把鼻涕一把泪地好言相劝:"您可以不为个人着想,但必须得考虑大明的未来啊。"郕王这才答应登基,是为明代宗。

守卫北京时,于谦大胆起用从土木堡逃回的石亨,让他戴罪立功。

德胜门大捷后,石亨为了表示感激,特意上书朝廷,为于谦之子于冕申报军功。

于谦断然拒绝,并当众批评石亨:"你身为将军,不推荐贤能,不体恤基层,只为上司请功,何以服众?"

石亨无言以对,心里却万马奔腾:狗咬吕洞宾,不识好人心。走着瞧!

景泰元年(1450)八月,英宗已在蒙古当了将近一年的阶下囚。

瓦剌战败后,也先终于明白,仅凭武力占不了大明的便宜,又主动遣使求和。为了表示诚意,他准备送还英宗。

收到瓦剌的国书,代宗满脸不高兴,便指责身边大臣:"朕本来就不想当这个皇帝,现在上皇要回来了,尴尬不?"

于谦倒很是从容:"陛下天位已定,不管上皇是否归来,都不会有任何改变。万一蒙古人使诈,还可以趁机再教训一番。"

代宗侧着头,看了于谦良久,才勉强表态:"好吧,就依你。"

退朝后,同僚纷纷向于谦致谢,称能够迎回上皇,全靠于谦一

人之力。

于谦也颇感欣慰,毕竟英宗贵为天子,总不能长年滞留于蛮荒之地。但他做梦都没有想到,正是眼前的这个决定,直接改写了他与皇朝的命运。

英宗回京后,被安置在南宫。

代宗监控严密,戒备森严,英宗见不到宗室和旧臣,更无法干预朝政。

几年下来,两位帝王之间倒也相安无事。

直到景泰八年(1457),大明上演了"夺门之变"。

七

早在代宗登基前,太后就已将英宗之子朱见深立为皇储。

朝堂上下也一致认为,代宗继位只是权宜之计,金銮殿上的宝座,终究要还与英宗一脉。

但代宗掌权之后,竟出于私心,力排众议,废掉太子朱见深,将亲生儿子朱见济立为皇位继承人。

不得不说,代宗的这番操作确实不厚道。让他始料未及的是,第二年,新太子竟染病身亡。代宗很受打击,此后,东宫之位便长期空缺。

1457年正月,不到三十岁的代宗突然身患重病,立储之事再次提上日程。

于谦和王直的意见比较一致,希望能复立朱见深为太子,正准

备次日早朝会同群臣再议，不料当天夜间，宫廷就发生了政变。

石亨、徐珵和太监曹吉祥等人眼见代宗病危，为了寻找新的靠山，换取更加长久的荣华富贵，他们决定孤注一掷，拥立上皇复位。

结果，他们成功了。

这三个人当中，于谦至少当众得罪过石亨和徐珵。英宗做回皇帝后，他俩都成了股肱之臣，身为前朝重臣的于谦，悲剧已经注定。

果然，英宗复辟当日，朝廷就将于谦逮捕入狱。

石、徐统一口径，对外宣称于谦密谋更换东宫，要迎立襄王之子。正因为如此，上皇才会重新出山，以稳控局面。

于谦谋反，论罪当斩。

弹劾的奏本呈上后，英宗有些举棋不定："于谦可是大明的功臣啊！"

徐珵立马进言："若非于谦谋反，威胁皇权，陛下重登大位，则师出无名。"

"唉——"英宗长叹一声，之后便不再言语。

正月二十二，六十岁的于谦，以谋逆罪被抄家、处死，暴尸于市，家属被流放，往昔所提携举荐之人也一一被贬。

行刑当天，阴云四布，天下之人，无不知其冤屈。

八

于家世代敬仰文天祥，长年将文天祥的画像供奉于正堂。

于谦出生前，父亲做了一个奇怪的梦。

梦中，文天祥告诉他："吾感汝父子侍奉之诚，顷即为汝之嗣矣。"

你们待我如此虔诚，我无以为报，就投胎转世，做你的儿子吧。

父亲当然惶恐万分，连称："不可，不可！"

第二天，孩子出生。

为了表示对文丞相的感激和敬重，父亲就给他取名为"谦"，"以志梦中逊谢之意"。

当然，这只是一个传说。但于谦的身上，确实有几分文丞相之风。

他至情至性，忧国忘身。呈进朝廷的奏折若是没有回应，他便急得捶胸顿足，大呼："这一腔热血，要洒向何处？"

瓦剌入侵后，他立誓不与贼寇共存，经常夜宿兵部，通宵研究战术。

"京师保卫战"中，他更是将生死置之度外，选择防守最危急、最紧要的德胜门，不成功，便成仁。

于谦的住处极为朴素，仅能遮风挡雨。

皇帝让他搬到西华门的府邸，他却坚决推辞："国家多难，臣子岂能贪图安乐？"

朝廷赏赐的书、袍、剑器和金银，他全都贴上标签封存，每年省视一次，从来不做私用。

于谦蒙冤下狱后，官兵前来抄家时并没有找到多余的财物，只发现正室锁得非常牢固，打开一看，里面尽是天子历年所赏之物。

堂堂兵部尚书，忠勇似文天祥，却悲壮如岳武穆，在场之人，全都唏嘘不已。

九

可能有人要问,发生"夺门之变"时,于谦去哪儿了?

其实,对于徐珵、石亨等人的阴谋,于谦事先已经知晓,"徐、石密谋,左右悉知,而以报谦"。

而且他身为兵部尚书加少保,总督军务,手握重兵,兼领朝政,要干预政变,并非难事,"时重兵在握,灭徐、石如摧枯拉朽耳"。

既然如此,他为何会听之任之?

难道是因为两任帝王都对他有知遇之恩,于私情而言,他左右为难,不便出面,干脆置身事外,在乱局中苟且保全?

恰恰相反。

于谦十分清楚,如果英宗复辟,徐、石当权,变了天的大明绝对容不下自己。

当晚,于冕曾急匆匆地报告父亲,说宫廷会有大变,于谦却一声呵斥:"小子何知家国大事?自有天命,汝第去!"

没错,彼时彼刻,他心中所念,唯有"家国大事"。

眼下代宗将殁,太子未立,形势比建文帝时还要危急。

如果于谦领兵制止叛乱,或许会立下"不世之功",只是英宗一脉,将被赶尽杀绝,随之而来的,就是更多的宗室、权臣、武将甚至外敌觊觎大位,干戈四起。

大明,绝对不能出现第二次"靖难之役"。

但是英宗若能复位,所有问题都能迎刃而解。这样一来,于谦就只有一个选择,"屹不为动,听英宗复辟"。很明显,他极力保全的,不是自己，而是社稷。哪怕因此坠入万丈深渊，也在所不惜：

> 千锤万凿出深山，
> 烈火焚烧若等闲。
> 粉骨碎身浑不怕，
> 要留清白在人间。
>
> ——《石灰吟》

成化初年（1465），于冕被赦，随即上书替父鸣冤。

很快，宪宗朱见深便为于谦平反，恢复原职，派员祭祀，并在诰文中大为褒奖：

"当国家之多难，保社稷以无虞，惟公道之独恃，为权奸所并嫉。在先帝已知其枉，而朕心实怜其忠。"

历史真是惊人地相似。

南宋时，岳飞冤死三十年后，孝宗也是这样对岳霖说："卿家冤枉，朕悉知之，天下共知其冤。"

好在"夺门之变"以后的剧情，还算大快人心。

徐珵因与石亨、曹吉祥争权，被二人栽赃构陷，贬为广东参政，后流放至云南金齿，最后郁郁而终。

石亨、曹吉祥本已权倾朝野，却欲壑难填，竟然相互勾结，图谋叛变，东窗事发后，一个惨死狱中，一个被剐于闹市。

而于谦被宪宗平反后，又在孝宗时被追授正一品之职，谥号肃愍[mǐn]。万历年间，改谥忠肃。

在他的墓旁,朝廷还建有旌[jīng]功祠,逢年过节都有官员致祭。

他曾从政过的江西、河南、山西等地的百姓更是对他深切追念,无限缅怀,历朝历代,奉拜祭祀从未停止。

果然,时间才是最公正的审判官,善恶终有报,是非终有断。

汤显祖

讲真,这届皇帝是真不行!

一

大明，万历十九年（1591）。

闰三月，天有异象，彗星骤现。

此为极凶之兆，按照惯例，皇帝应该思过反省，然后面向群臣，毫无保留地批评自己。

但倔强的神宗皇帝，自认为勤政为民，无愧于心，大明若有任何问题，那一定是言官、谏臣们欺上瞒下所致。

于是，京城和各地的监察官员全都罚薪一年。

诏令一出，举国哗然。

神宗此举，老天会不会买账无法确定，但朝堂上下的确是一片反对之声。

就连时任礼部主事的汤显祖，一个与此事无关的低等小吏，都看不惯这种甩锅的行径。激愤之余，他写下一道《论辅臣科臣疏》，硬是将皇帝老儿骂得体无完肤：

> 失今不治，臣谓陛下可惜者四：朝廷以爵禄植善类，今直为私门蔓桃李，是爵禄可惜也。群臣风靡，罔识廉耻，是人才可惜也。辅臣不越例予人富贵，不见为恩，是成宪可惜也。陛下御天下二十年，前十年之政，张居正刚而多欲，

以群私人,嚣然坏之;后十年之政,时行柔而多欲,以群私人,靡然坏之。此圣政可惜也。

如今天下不平,朝纲不稳,简单来说就是四个原因:

朝廷的爵位和俸禄,沦为专权者培植势力的工具。此为爵禄可惜。

官员屈服于权贵,不识廉耻,没有风骨。此为人才可惜。

首辅大臣任人唯亲,毫无法度。此为成宪可惜。

天子执政二十年,前有张居正,后有申时行,两人性格迥异,却同为结党营私、专权误国之人。此为圣政可惜。

讲真的,这届皇帝是真不行。

如此直言犯上,简直胆大包天。

是可忍,孰不可忍。

皇帝老儿不要面子啊?

果然,神宗立刻下旨,怒斥汤显祖"假借国事,攻击元辅",还假惺惺地带上一句"本当重究,姑从轻处了",将他贬为徐闻典史。

徐闻远在雷州半岛,是大明的蛮荒之地,流放到那里的,不是作奸犯科的贪官污吏,就是罪大恶极的乱臣贼子。

如此安排一个直言进谏的官员,也叫从轻处理?

二

其实,汤显祖的前半生,对朝廷和君王一直都是忠心耿耿。

1567年,明世宗驾崩,十七岁的汤显祖写下了"日落悲同轨,

天王弃八埏［yán］"的诗句，哀痛之情，溢于言表。

五年后，穆宗病故，汤显祖又作《壬申岁哭大行皇帝》，不仅将天子与尧舜相提并论，还言辞恳切地表示，金榜题名之日，必是"南山拜陵"之时。

就连神宗册封皇后，他也会赋诗一首，称"普天之下，莫不欣跃舞忭［biàn］"，认为天下人都和他一样，为天子大婚高兴得手舞足蹈。

遇有朝廷推行新政，汤显祖的内心更是激动到沸腾。

1584年，神宗突发奇想，耗费纹银近十万两，在内廷改建场地，安排宦官带兵操练。

内臣掌兵，荒诞且危险。

群臣屡屡上书劝阻，不是被外放出京，就是被贬为庶民。

直到第二年，因王致祥等兵科言官的力谏，神宗才废除了这项荒诞的规定。

远在南京担任太常博士的汤显祖听说之后，自是喜出望外：

> 北斗三垣忽夜明，西园八校从今罢。
> 自此龙阿不倒持，长无兵气入宫墀。
> 小臣拜舞高陵下，愿寿吾君亿万斯。
>
> ——《闻罢内操喜而敬赋》

吉星高升，内廷罢兵。吾皇圣明至此，必当天威赫赫，四方安宁。

这忠心表得确实感人至深。

同年春末，京城大旱。

神宗先是削减皇室开支,砍掉后宫的各类织染锦绣,后又食斋数日,身着素服,前往皇陵祈雨。

满满的作秀痕迹,汤显祖却感动得不能自已,连夜写下"独宿山陵祈帝祖,因歌《云汉》感吾君"之语,以铭记天子的"壮举"。

二十八岁时,汤显祖参加会试。

他当时在京城已颇负名气。首辅张居正找到他,表示只要服从安排,掩护张家的公子顺利及第,就可以保证他金榜题名。

面对张大人的"善意"和"盛情",汤显祖却脸色铁青:"吾不敢从处女子失身也!"

与你们同流合污,岂不等于处女失身,丢了清白吗?

拒绝得如此斩钉截铁,是源于他的正直和坦诚,更是因为他对大明朝廷有着绝对的信任。

堂堂国字号的考试,怎么可能会有黑幕?

汤显祖还是太天真了,得罪当朝首辅的代价,就是此后数年他始终都与金榜无缘。

直到1583年,张居正死后的第二年,三十四岁的汤显祖才考上进士,迈入仕途。

六年后,他荣获新职,被提拔为六品主事,对神宗的感激之情,更是有如滔滔江水,连绵不绝:

寝署三年外,祠郎初报闻。

臣心似江水,长绕孝陵云。

——《迁祠部拜孝陵》

三

职位晋升带来的喜悦并没有持续多久,随之而来的,是对朝政的焦虑、失望甚至愤怒。

从1587年开始,大明连续多年遭受灾荒,旱涝频发,瘟疫横行。

给[jǐ]事中杨文举奉命前往江南赈灾,抵达杭州后,竟常住西湖,终日宴饮,还打着首辅申时行的旗号,大肆收受贿赂,私放刑犯,卖官鬻[yù]爵。

如此贪赃枉法之徒,回京述职时,不仅没有获罪,还在申时行的操纵下被提拔为谏官首领。

满朝文武,虽愤愤不平,却无人敢发声。

边境战事又起,洮[táo]州、河州接连失守,主帅战死,军心大乱,蒙古部落一路烧杀抢掠,以致两地生灵涂炭,尸横遍野。

此时的大明,已然内忧外患。

神宗皇帝却选择性失明,既没有下定决心整顿吏治,也没有鼓起勇气抵御外敌,反而因为册立太子的事情,挑起了一场持续十五年之久的"国本之争"。

当他将"天有异象"的责任归结为言官集体失声时,忍无可忍的汤显祖终于拍案而起,写下了那篇震惊朝野的《论辅臣科臣疏》。

四

徐闻民风彪悍,历来尚武轻文,重义轻生。

汤显祖是戴罪之身，人微言轻，但他依然说服知县熊敏，两人捐出俸银，设立"贵生书院"，倡导"天下之生皆当贵重""君子学道则爱人"的理念，教化乡梓，开启民智。

徐闻从此学风渐浓，文风日盛，登科及第者，人数骤增。

后人统计，明初至万历十九年，二百二十三年中，当地仅有举人十四名。而自"贵生书院"建成，至大明亡国的五十年间，则有举人十三名。

从这个意义上说，汤显祖于徐闻，就如同苏轼于海南，都是伟大的"文化拓荒者"：

> 自明义仍先生（汤显祖）来徐闻建书院，而徐益知向学，当时沐其教者，辄魁科登贤仕，后先辉映，文风称极。
> ——《五夫子宾兴条例芳名碑》

一年后，汤显祖接到调令，改任遂昌知县。

"神州虽大局，数着亦可毕。"汤显祖对自己的政治才能，历来充满信心。只是常年困于下僚，无法施展拳脚。

这次担任遂昌县令，成为一方主官，他的一身才艺，总算有了用武之地。

上任之初，汤显祖便捐出俸禄，扩建学堂。建成后，他更是身体力行，亲自拿起教鞭，讲授"诗书六艺之文"。

他体恤农民，支持春耕，奖励劳作，劝课农桑，"家家官里给春鞭，要尔鞭牛学种田"。

他学习宋朝的欧阳修,宽简施政,轻徭减赋,治下井井有条,生活却自在逍遥,"平昌四见碧桐花,一睡三餐两放衙"。

他还在除夕之夜,释放全城的囚犯回家与亲人团圆,又在元宵佳节,安排他们沿河观灯,这种极具人文关怀的治理方式,有效降低了当地的罪案发生率,"市上无喧少斗鸡""杏花清浅讼庭稀"……

一系列的为政举措,让汤显祖在大明官场声名鹊起,"一时循吏声,为两浙冠"。

但他的归隐之心,日益坚定。

离开徐闻之时,知县熊敏曾设宴饯行,并以鸡舌香相赠。

鸡舌香类似于口香糖,天子近臣面圣之前,一般都会将其含在口中:

> 尚书郎口含鸡舌香,以其奏事答对,欲使气息芬芳。
>
> ——杜佑《通典》

很明显,熊敏是希望汤显祖能够早日回京,再当大任。

但汤显祖婉拒了这番好意:

> 三省郎官事已往,与君吞却沉香花。
>
> ——《徐闻熊明府以鸡舌香赠别,期复为郎也,却赠》

还谈什么入朝为官的事,那都是过往云烟了!

在遂昌待了五年,他越发深刻地认识到,仅凭一己之力,根本

无法拯救水深火热中的百姓，更不可能挽救积弊已深的大明。

"况是折腰过半百，乡心早已到柴桑""他日柴桑归醉后，笙舆相伴五男儿"。此时的汤显祖已年近半百，对仕途没有半点留恋，只想着早日回归故里，尽享天伦。

最关键的是，不知从何时起，他对君王的感情已经由忠心耿耿，变成了失望透顶。

1598年，神宗安排身边的大太监前往遂昌催征矿税。

爱民心切的汤显祖，对此十分愤怒：

中涓凿空山河尽，圣主求金日夜劳。
赖是年来稀骏骨，黄金应与筑台高。

——《感事》

没有对比就没有伤害。同样都是黄金，燕昭王用来筑台求贤，万历皇帝却用来搜刮钱财。

这样的朝廷，迟早会尽失人心。

同年，汤显祖回京述职。吏部和都察院在评议之时，却以"浮躁"之名，将他定为问题官员。

天理何在，公道何存？

汤显祖终于下定决心，递上辞呈，不待吏部批准，便回到临川，彻底归隐。

五

青年时期,汤显祖就热衷于文学创作,曾取材唐朝蒋防的传奇小说《霍小玉传》,写出了剧本《紫箫记》。

到了南京和遂昌,他在公务之余依然笔耕不辍,以《紫箫记》为蓝本的《紫钗记》,还有后来火遍中原、蜚声海内外的《牡丹亭》,都是写于府衙之内、案牍之侧。

退隐后的汤显祖闲居乡间十余年,多次谢绝朝中好友的邀请,从未踏入官场半步。没有琐事缠身,他便将全部的身心都用来创作剧本,并与优伶一起参与排练和演出。

数年间,又有《南柯记》与《邯郸记》先后定稿,至此,中国戏剧界的巅峰之作——"临川四梦",横空出世。

"四梦"当中,成就最高、最受百姓欢迎、汤显祖也最满意的作品,自然还是《牡丹亭》:一生"四梦",得意处惟在《牡丹》。

《牡丹亭梦》一出,家传户诵,几令《西厢》减价。

——沈德符《顾曲杂言》

《牡丹亭》的主角杜丽娘,是太守大人的掌上明珠,自幼锦衣玉食,养尊处优,唯独在感情和婚姻上没有任何自由。

情窦初开之时,她梦里邂逅书生柳梦梅,此后竟相思成灾,一病不起,直至撒手西去。

到了阴曹地府,她的游魂依然在苦苦找寻心上人。

几经波折,杜丽娘终被放还人间,并复生如初,与柳梦梅相聚厮守。

情不知所起,一往而深,生者可以死,死可以生。生而不可与死,死而不可复生者,皆非情之至也。

——《牡丹亭》题记

"生者可以死,死可以生",汤显祖笔下的杜丽娘,在"存天理、灭人欲"的思想大行其道的时代,竟然可以冲破封建礼教的禁锢,去追寻个性、自由与幸福,这一份勇敢、坚决和炽热,对被贞节牌坊压得喘不过气的女性来说,是一份难能可贵的温暖和鼓励。

《牡丹亭》的思想和艺术价值,正在于此。

杜丽娘对爱情的坚贞不渝,也是汤显祖对理想执着追求的象征。只是他的运气,远不如杜丽娘。

《牡丹亭》中的天子尚能成人之美,帮助杜、柳二人成就一段名正言顺的婚姻。

现实中的神宗皇帝却沉溺酒色,万事不理,任由奸佞把持朝政,将大明一步一步推向绝境。

汤显祖归隐当年,京城久旱无雨,神宗又在宫里玩起了焚香求雨的把戏。

与十三年前的讴歌、赞美相比,这一次,汤显祖却嗤之以鼻:

五风十雨亦为褒,薄夜焚香沾御袍。

> 当知雨亦愁抽税，笑语江南申渐高。
>
> ——《闻都城渴雨时苦摊税》

知道为什么会干旱吗？连雨都害怕这苛捐杂税啊！

天子在汤显祖心中的地位，一落千丈。

满腔热血，终究还是输给了心灰意冷。

抛开"临川四梦"不说，出身书香门第、满腹经纶的汤显祖在仕途上的成就并不显著。

有遗憾吗？

应该没有。

1616年，汤显祖病逝，享年六十七岁。

噩耗传至徐闻，当地百姓自发建起"汤公祠"，用最纯朴的方式，表示最虔诚的感激和敬意。

而早在八年前，遂昌人就请来画师，前往临川为汤显祖画像，立生祠纪念这位尚在人世的老知县。

一年典史，五年县令，竟能让父老乡亲仰之如日月，敬之如神明。古往今来，即便身居高位者，又有几人能及？

冯梦龙

> 我只是通俗,并不庸俗

我是人间自在客

一

明末天启六年（1626），浙江秀水。

城内最繁华的街头，一位年过半百的老者正站在摊位前，高声吆喝：

"给我一个机会，还你一个惊喜！"

"名师一对一，中举没问题！"

"专业应试三十年，包教包会，包中状元！"

天下读书人，苦科举考试久矣。

秀水的书生，也不例外。

果然，这诱人的广告语成功留住了他们的脚步。

大家迅速围成一团，挤到老者身旁，七嘴八舌地打听起来：

"怎么收费？贵不贵？"

"有没有万元包过班？"

"需不需要预付？可别收了钱就跑路！"

……………

老者全程面带微笑，逐一做出回应，态度诚恳，言语中听，深得围观者好评。

突然有人尖着嗓子喊了一声，"所有考生，买它买它！"

一呼百应。

冯梦龙

周围的书生纷纷掏出囊中纹银,争先恐后地抢着报名。

场面即将失控。

"等等!"一位中年大叔猛地叫了暂停。

只见他挤出人群,站到场地中心,面向老者,一字一顿地质问:

"敢问老先生,您可曾考取功名?是哪一榜的进士,哪一年的举人?"

满面红光的老者眼神瞬间暗淡了下来:"老夫正在努力……"

"吁——"现场顿时嘘声四起。

大叔连忙怒斥:"光天化日之下,你竟敢招摇撞骗!"

老者睁大眼睛说:"你怎么这样凭空污人清白……"

"什么清白?一个落魄文人,有什么资格在这里办班招生?"

老者便涨红了脸,额上青筋条条绽出,争辩道:"师不必贤于弟子,弟子不必不如师。"

接着便是一些绕口的话,什么"无贵无贱,无长无少",什么"道之所存,师之所存"之类,引得众人都哄笑起来。

街道两旁充满了快活的空气。

很快,人群便四散开去,只留下面红耳赤的老者愣在原地,尴尬不已。

这个老者,便是冯梦龙。

他做梦都没有想到,几十年奔波,大半生挣扎,终究活成了别人眼中的笑话。

二

1574年，冯梦龙出生于苏州。虽然天资聪颖，满腹经纶，他的赶考之路却极为不顺。

从未及弱冠，到年近花甲，足足四十余年，始终卡在乡试一关，止步不前。

考场上连连碰壁，只好到秦楼楚馆间寻找慰藉。

很快，冯梦龙的生命中，出现了一个叫侯慧卿的女子。此女花容月貌，国色天香，风情万种，善解人意。

落魄的冯梦龙，一直都视她为红颜知己。

尤其可贵的是，委身风月场所，终日灯红酒绿，侯慧卿的内心却超乎寻常地冷静。

冯梦龙曾问她："你阅人无数，可有芳心大乱的时候？"

侯慧卿微微一笑："如何识人辨人，我的心间，自有一杆秤。"

冯梦龙很是好奇："愿闻其详！"

侯慧卿继续回应："颜值几何、财力几分、用情几许，对应客人三六九等。若要托付终身，首选最上等。不得其上，便转求其次。何乱之有？"

果然厉害。

杜十娘要是也有这般理智，又岂会怒沉百宝箱，含恨投江？

只是冯梦龙听后，却有一种不祥的预感。

他左算右算，自己的综合排名，绝对进不了前三。

事实证明，他算得很准。

冯梦龙

三

不久,冯梦龙赴南京应举。

他告诉侯慧卿,不论是否取得功名,这次赶考归来,一定要帮她赎身。

侯慧卿满口答应。

来年的五月初二,冯梦龙刚到苏州,就接到好友转交的一封信:

妾已嫁人,君不必再等。侯慧卿。

冯梦龙措手不及。

最心爱的情人,却伤害我最深。

冯梦龙的脑海里有一万个疑问:为什么你背着我爱别人?

直到他想起了侯慧卿心间的那杆秤……

即便如此,冯梦龙依然旧情难忘,相思无尽,为她写下多篇"怨离诗"和"怨离词":

五月端二日,即去年失慧卿之日也。日远日疏,即欲如去年之别,亦不可得,伤心哉!行吟小斋,忽成商调,安得大喉咙人,顺风唱入玉耳也!噫,年年有端二,岁岁无慧卿,何必人言愁,我始欲愁也。

【黄莺儿】端午暖融天,算离人恰一年。相思四季都尝遍,榴花又妍,龙舟又喧,别时光景重能辨。惨无言,

日疏日远,新恨与旧愁连。

【集莺儿】隔年宛似隔世悬,想万爱千怜。眉草裙花曾婉恋,半模糊梦里姻缘。情深分浅,攀不上娇娇美眷。谢家园,桃花人面,教我诗向阿谁传?

【玉莺儿】想红楼别院,剪新罗成衣试穿。昨朝便起端阳宴,偏咱懒赴游舡。三年艾怎医愁病痊?五色丝岁岁添别怨。怪窗前,谁悬绣虎?唬醒睡魔缠。

【羽林莺】蒲休剪,黍莫煎,这些时,不下咽。书斋强自闲消遣,偶阅本离骚传。弗吊屈原,天不可问,我偏要问天天。

【猫儿逐黄莺】巧妻村汉,多少苦埋冤。偏是才子佳人不两全,年年此日泪涟涟。好羞颜,单相思万万不值半文钱。

【尾声】知卿此际欢和怨,我自愁肠不耐煎,只怕来岁今朝想更颠。

——《端二忆别》

年年有端二,岁岁无慧卿。事过境迁,物是人非,旧恨未去,新愁又连。最难忘,还是桃花人面,最忧心,明年今日又想念。

这五月初二,已然成了冯梦龙的"分手纪念日"。

对冯梦龙来说,少了侯慧卿,青楼便失去了灵魂。

从此之后,他仿佛换了一个人,万花丛中过,片叶不沾身:

冯梦龙

子犹（冯梦龙）自失慧卿，遂绝青楼之好。

——明·董斯张

看得出来，他对这段感情确实很走心。

四

转眼，冯梦龙已到中年，无业、无钱、无田产，生计便成了大问题。

原本想办个科举辅导班，给孩子挣点奶粉钱，可自己逢考必败，年年名落孙山，哪里会有生源？

好在他满腹才情，在朋友圈中略有薄名，还能当个私塾先生，再帮人写写剧本，总会有点收入，可以补贴家用。

同乡的袁晋刚刚写成《西楼记》，就找到冯梦龙，十分客气地请他斧正。

冯梦龙读完之后，却把书稿放在案头，不做任何评论。

袁晋一脸不解，但又不好相问，场面颇为尴尬，只得转身离去。

当时，家中已无米下锅，妻子着急万分，冯梦龙却相当淡定："不用担心，袁晋晚上就会送我百两纹银。"

他还告诉孩子："夜里别关门，最迟戌时，袁晋必至。"

家里人都觉得很荒诞，却也希望能有奇迹出现。

袁晋回家后，苦思良久，等到掌灯时分，他当真取出百两纹银，再次迈入冯家大门。

冯梦龙已在书房等候多时。

袁晋大吃一惊,冯梦龙却哈哈一笑,递过一叠书稿:"果然不出所料。剧本词曲俱佳,唯独缺少一出,现已补上,敬请过目。"

新增的剧目叫"错梦"。

袁晋接过一看,不禁大为叹服,当场就将纹银呈上。

果然,《西楼记》面世后,四十出的剧目中,坊间评价最高的,还是那篇《错梦》。

这个故事,源自清朝褚人获的《坚瓠[hù]续集》。情节可能有所夸张,但冯梦龙的贫穷与窘迫,应该与此相差无二。

五

1630年,冯梦龙的人生终于迎来了转机。

五十七岁的他,以候补身份成为岁贡生,被任命为镇江训导,主管文化和教育。四年后,又升为福建寿宁知县。

> 县在翠微处,浮家似锦棚。
> 三峰南入幕,万树北遮城。
> 地僻人难至,山多云易生。
> 老梅标冷趣,我与尔同清。
>
> ——《戴清亭》

初到寿宁,他便以诗明志,希望可以如梅花般清正高洁、不畏风雪。

冯梦龙

他说到做到。

到任的第一年，中秋节。大财主柳必得，备上厚礼，前来拜会。

冯梦龙当场拒收。

柳必得却狡黠一笑："大人请放心，此事断不会有人知晓。"

冯梦龙指着门上的牌匾，问道："这里为何叫'四知堂'？"

柳财主一脸茫然。

冯知县正言相告："天知，地知，我知，你知！"

柳必得顿时明白过来，赶忙低头退下。

几天后，冯梦龙又自掏银两，将"四知堂"的牌匾重新喷漆装裱，挂在门楣之上。

从此，再也无人敢起贿赂之心。

寿宁偏远落后，重男轻女思想严重，许多女婴刚刚出生就被父母活活溺死。

冯梦龙在巡访过程中发现这一现象后，连夜赶回县衙，写下《禁溺女告示》，明令禁止弃婴溺婴，并捐出俸银，奖励收养弃婴之人：

> 寿宁县正堂冯，为严禁淹女以惩薄俗事：
>
> 访得寿民生女多不肯留养，即时淹死或抛弃路途，不知是何缘故？是何心肠？一般十月怀胎吃尽辛苦，不论男女总是骨血，何忍淹弃！
>
> 为父者你自想，若不收女，你妻从何而来？为母者你自想，若不收女，你身从何而活？况且生男未必孝顺，生女未必忤逆。若是有家的收养此女，何损家财？若是无家

的收养此女,到八九岁过继人家也值银数两,不曾负你怀抱之恩。

如今好善的百姓畜生还怕杀害,况且活活一条性命,置之死地,你心何安?今后各乡各堡但有生女不肯留养,欲行淹杀或抛弃者,许两邻举首。

本县拿男子重责三十,枷号一月,首人赏银五钱;如容隐不报他人举发,两邻同罪;或有他故必不能留,该图呈明,许托别家有奶者抱养。其抱养之家,本县量给赏三钱,以旌其善。仍给照,养大之后不许本生父母来认;每月朔望,乡头结状中并入"本乡并无淹女"等语。

事关风俗,毋视泛常,须至示者。

虽是政府公文,却是通篇白话,说得苦口婆心。冯梦龙的这一招着实深入人心,溺婴弃婴的陋习很快就销声匿迹:

自余设厉禁,且捐俸以赏收养者,此风顿息。

——冯梦龙《寿宁待志》

六

冯梦龙深知,寿宁人要想改变命运,读书仍是唯一的途径。

在知县任上,他关注的头等大事便是兴教办学。

学舍损毁,他捐出俸禄,及时维修;无人授课,他亲自上台,传道解惑；缺少教本，他翻印自著的《四书指月》，人手一册……不到半年，学风便大为改观，"士欣欣渐有进取之志"。

他善于处理民间纠纷，倡导以和为贵。同村的两头水牛在吃草时斗角，导致一死一伤。双方主人相互指责，各不相让，一直闹到大堂之上。

冯梦龙受理后，只在状纸上写下四句话："两牛相争，一死一生，死者同吃，生者同耕。"

两头牛，分开算，剪不断，理还乱。不如变为共同财产，收益共享，风险共担。完美。两个村民心服口服。

他敢于打击山匪恶霸，力保一方平安。

财主陈伯进与盗贼联手，横行乡里，鱼肉百姓，杀人放火，无恶不作，却依靠官员的掩护，逃脱制裁，逍遥法外。

冯梦龙掌握线索后，没有与县丞、县尉商量，就火速带上衙役，将陈伯进捉拿归案，同时处理了一大批"保护伞"，当地百姓无不拍手称赞。

此外，他还改革吏治、轻徭减赋、开垦农田、破除迷信、编修县志……短短四年，政绩卓著。

离开寿宁之时，自发送行的百姓竟绵延数十里。

此情此景，却让冯梦龙面带愧色，心有不安："余虽无善政及民，而一念为民之心，惟天可鉴。"

只可惜，这等好官，终其一生，也只做了一任知县。

回到苏州后，他便彻底退休，从此深居简出，潜心修书，再未踏入官场半步。

七

1644年，李自成闯入北京，崇祯皇帝被逼自杀，随后清兵入关，多尔衮占领中原，明朝宗室开始流亡于江南。

冯梦龙听闻噩耗，悲愤不已。

尽管已是七十一岁高龄，且无官职在身，他仍然义无反顾，挺身而出。手中利器，自然还是如椽巨笔：

> 方今时势，如御漏舟行江湖中，风波正急，舵师、楫手兢兢业业，协心共济，犹冀免溺；稍泄玩，必无幸矣！况可袖手而闲诟谇乎？庙堂隐忧，无大于此！
>
> ——《甲申纪事》

今天的形势，就如同漏水的小舟，行驶于江湖之中。舵师、楫手都在小心翼翼，协心共济。稍有松懈，必将舟覆人溺。有些人却袖手旁观，只骂人，不出力。朝廷最大的忧患，正在于此。

局势危如累卵，冯梦龙心急如焚，先后编印了《甲申纪事》和《中兴伟略》。

在书中，他不仅提出铸造新币、重用将才、改进武器装备等救国之策，还用大量笔墨，详细记录明末的文臣武将在乱世中的事迹言行，并按照忠奸之别，将他们分为"死难""刑辱""幸免"和"从逆"诸臣，以区辨正邪，讴歌忠义，鼓舞士气。

次年，鲁王朱以海在绍兴监国。冯梦龙便效仿"安史之乱"

中的杜甫，只身前往浙江，投奔新王。

真是一片赤胆忠心。

但大明气数已尽，面对清军的铁蹄，皇室后裔却只顾在各地自立为帝，争权夺地，根本无心抗敌。

冯梦龙失望至极，不久便郁郁而终，享年七十三岁。

八

"政简刑清，首尚文学；遇民以恩，待士有礼。"

这是清《寿宁县志》给予知县冯梦龙的五星好评。

那句"老梅标冷趣，我与尔同清"，至今在寿宁仍广为传诵。

冯梦龙的仕途，很短暂，也很绚烂。但与政绩相比，冯梦龙的文学成就更为耀眼。

《喻世明言》《警世通言》《醒世恒言》，合称"三言"，蜚声四海，享誉天下，是明代通俗小说的杰出代表。

他的作品，多用俚词俗语，聚焦市井小民，呈现世间百态。

这在那些卫道士的眼中，明显是不务正业，品位低俗。

既然如此，冯梦龙为何要执意坚持？

是因为才华有限、力有不逮，还是因为性格偏激、故意反其道而行之？

都不是。

在苏州，他曾亲眼见到，邻居家的孩子帮母亲切菜时割伤了手指，竟然不喊疼，也不哭闹。

冯梦龙很是惊讶，小男孩却告诉他："我听庙里的师父讲《三国志》，关云长刮骨疗毒，且谈笑自若。我这点伤口，又算得了什么！"

冯梦龙当场就陷入了沉思。

《孝经》《论语》都是经典，但论起感染人、打动人的速度和深度，却远不如白话小说。

也就是从那一刻起，他更加坚信，通俗文学也能滋润人心、教化于民。

冯梦龙将三本代表作分别命名为"明言""通言"和"恒言"，就是为了提醒自己，也告诉世人，文学创作的使命，应是开智导愚、适俗明礼，且要习之不厌，传之久远：

明者，取其可以导愚也；通者，取其可以适俗也；恒则则习之而不厌，传之而可久。三刻殊名，其义一耳。

——《醒世恒言》

冯梦龙的文字虽然没有得到当时主流文坛的认可，却依然可以成为经典，流传数百年。

纵观冯梦龙的一生，屡试不第，落魄沉沦，却笔耕不辍，以情化人；为官一任，即广施善政，造福于民；年逾古稀，仍心系前朝，忧国忧君。

如果有人问：读圣贤书，所为何事？

冯梦龙一定会这样回答：永远胸怀天下，心系苍生，无关身份，不论年龄。

蒲松龄

出道半生，
归来仍是平民

一

齐国有位男子，每天总是清早出门，晚上大醉而归。

家人问起，他都说终日宴饮之人，不是府尹与县令，就是富商和显贵。

丈夫亲商近政，叱咤风云，妻子当然很开心，也盼着有一天，能有人请吃火锅，然后清空购物车。

但天长日久，只见丈夫醉醺醺，不见贵人进家门，妻子终于起了疑心。

她决定早起跟踪丈夫，把事实调查清楚。

"蚤［zǎo］起，施从良人之所之。"

很快，便真相大白。丈夫并没有正经工作，也不是任何酒楼的座上客。

街道两旁，人来人往。却没有一个人，与丈夫拱手寒暄。

连摆摊的小商贩，都不曾看他一眼。

出城后，丈夫拐进一片坟地，眼见四下无人，便蹲下身子，将墓碑前的供品吃得一干二净。

原来，这就是所谓的"宴饮"。

终身依靠的丈夫，竟是如此不堪之人。妻子顿时瘫倒在地，泪如雨滴。

蒲松龄

这个故事，源自《孟子·离娄章句下》：

> 齐人有一妻一妾而处室者。其良人出，则必餍酒肉而后反。其妻问所与饮食者，则尽富贵也。
>
> 其妻告其妾曰："良人出，则必餍酒肉而后反，问其与饮食者，尽富贵也，而未尝有显者来。吾将瞷良人之所之也。"
>
> 蚤起，施从良人之所之，遍国中无与立谈者，卒之东郭墦间，之祭者，乞其余；不足，又顾而之他：此其为餍足之道也。
>
> 其妻归，告其妾曰："良人者，所仰望而终身也。今若此！"与其妾讪其良人，而相泣于中庭。而良人未之知也，施施从外来，骄其妻妾。
>
> 由君子观之，则人之所以求富贵利达者，其妻妾不羞也而不相泣者，几希矣！

原文中的最后一句话，是点题之语。

孟子是想通过这个故事，告诉世人：君子应该建功立业，富贵显达，让家人引以为傲，至少不能让妻妾蒙羞而泣。

顺治十五年（1658），山东道试的作文题"蚤起"，便是出自这里。而那一榜的头名，便是十九岁的蒲松龄。

二

1640年,蒲松龄出生于济南淄川。

《三字经》还背不全的时候,家里就给他定了娃娃亲。岳父刘国鼎,是当地有名的乡绅。

订婚后不久,坊间就开始传言,朝廷要在全国范围内征选貌美女子,进京充当秀女。

很明显,这是一条侮辱智商的谣言,因为清朝后宫选美,有个最基本的门槛,就是应召者必须为旗人。

但谣言从来不缺市场。

爱女心切的刘国鼎也是宁可信其有,不敢信其无,急匆匆地将女儿送到蒲家,以儿媳的身份与蒲母同住。几个月后,谣言散去,才将女儿接回家中。

1657年,十八岁的蒲松龄,正式迎娶刘氏过门。

新婚的喜悦,并没有影响到他的学业。蜜月刚过,他就迅速恢复状态,继续闭门苦读,备战科举。

第二年,他首次参加童子试,便连夺县、府、道三榜魁首,一时名声大噪。

当然,蒲松龄能有此战绩,既是因为实力,也是源于运气。

清朝的科举考试主要是写八股文,体裁、结构和字数都有严格限制。特别是文章的主旨,必须要与圣贤学说一致,绝不允许自由发挥,标新立异。

但是小蒲松龄偏偏不按套路出牌,虽是以"蚤起"为题,写出

蒲松龄

来的文章,却是每一个偏旁都与孟子无关。

三

　　而齐人之妇则又不然,其疑良人也,既与妾谋,所以瞷之,已存瞷之心,为瞷之计,而熟思瞷之术。当此际也,必有辗转反侧,不能终夜者矣,疑其所之,计其所之,而且审思其所之。

　　当斯夜也,必有寤言不寐,坐以待旦者矣。于是窃窃然而自念也,曰:吾起乎?

　　因思良人之出也,奔走唯恐其后,使良人起而我不起也,则闺阁之步,又缓于男子;恐我起而良人出,我出而良人渺矣。可若何?

　　又忆良人之归也,趋赴每悔其晚,使良人起而我始起也,则膏沐之事,倍多于弁冕;恐起者犹在室,而出者已在途矣。可若何?

　　……无何,良人出,妇隐告妾曰:姑掩关以相待矣,我去矣!

妻子开始怀疑丈夫,便与小妾商量,密谋窥探、调查之法。她高度紧张,彻夜不眠,天刚放亮,便问自己:是不是该起来了?如果晚于丈夫,我这一双小脚又怎么追赶得上?若是同时起床,待我梳洗完毕,恐怕丈夫早就没了踪迹。

通篇都是蒲松龄的想象。

在文章的结尾,他还虚构了妻子与小妾的对话:"你在家等着,我去跟踪官人了。"

至于跟了多久,有没有找到真相,蒲松龄在文中并无交代,读者只能自行想象。

好家伙,这完全就是一篇悬疑小说。

下笔千言,离题万里。典型的高考零分作文。

幸运的是,这一年的主考官,也没有按套路出牌。他叫施闰章,进士出身,时任山东学政,博览经史,工于诗词,与一代诗宗宋琬齐名,并称"北宋南施"。

开考之前,他就在公开场合表示:"能作诗赋者,许各展所长。"

我来主考,八股文便不是唯一的标准。

果然,当翻到蒲松龄的作文,施老师陡然精神一振,迅速给了五星好评:

首艺空中闻异香,百年如有神……观书如月,运笔如风,有掉臂游行之乐。

文章极具神韵,百年难遇。言语流畅轻松,情节曲折生动,读之其乐无穷。

然后,果断将蒲松龄的考卷判为 A+,列为一等。

县、府、道三次应试的成功,给了蒲松龄极大的自信。他准备趁热打铁,继续发起冲刺。

只要成为举人,便有了做官的资格。

但遗憾的是,在随后的乡试中,蒲松龄竟名落孙山。

道试的状元,却过不了乡试这一关。

蒲松龄不解、不服、不爽。坐在窗前,他点上一筒黄烟。深吸一口,再用力吐远。

他下定决心,一定要用金榜题名,来证明自己的人生:

> 凭着俺胸中才八斗,凭着俺笔尖龙蛇走,凭着俺文章贯斗牛,必定要一声雷震九州,必定要万言策当朝奏,必定要插金花、饮玉酒,压金鞍、骑紫骝,五日人中争驰骤!有时男儿得志时愿酬,世态炎凉一笔勾!
>
> ——《先生论》

惨淡的现实,却给了他连番痛击。

以至于蒲松龄的后半生,只有一首主题曲,那就是"这世界,在撒谎。梦与想,不一样……"

四

成年人的崩溃,都是从变穷开始的。

蒲松龄的父亲常年经商,手中有钱,仓里有粮,小日子过得不慌不忙。

1664年,蒲氏分家,蒲松龄一家的生活顿时急转直下。

斯文老实的刘氏根本斗不过两个泼辣的嫂子,只分得几亩荒田,

八斗荞粟,还有三间破屋。

幼子嗷嗷待哺,妻子孱弱体虚,功名遥遥无期,自己又手无缚鸡之力,一家人的生计,成了蒲松龄眼前最大的难题。

迫于无奈,他只得去地主家坐馆,拿起戒尺,当起了私塾先生。

按理说,这是一份专业对口的工作,还可以白天讲课,夜里备考,以工养学,一举两得。但是,蒲老师干得并不快乐。

> 方才教写字,又要教读古。先生偶出门,小子满堂舞。……炎天气郁蒸,难学羲皇卧……倏忽秋冬交,霜雪纷纷堕……粥饭日寻常,酒肴亦粗卤……渴来自煎茶,主翁若不睹。
>
> ——《塾师四苦》

冬日冷,夏天热;吃粥饭,饮粗茶;学生不听话,主人态度差。稍有空闲,还要帮东家烧火、担水、看孩子、端菜、拾粪、擦桌子:

> 放了学饭不熟我把栏垫,到晚来我与你去把水担,家里忙看孩子带着烧火,牲口忙无了面我把磨研,扫天井抱柴火捎带拾粪,来了客抹桌子我把菜端。
>
> ——《闹馆》

工作强度,秒杀"007"和"996"。这哪里是先生,分明是个下人。

如果说一切不给报酬的加班都是在耍流氓，那么蒲松龄的东家就是黑社会。

不仅没有任何加班费，就连坐馆本身的工资也少得可怜，还经常拖欠：

> 神思徒劳，神思徒劳，海底明月实难捞，顾体面怎肯开口要？
> 满腹心焦，满腹心焦，东家说是宽宽着，无奈何只得干赔笑。

——《学究自嘲》

人到中年的蒲松龄只能勉强养活自己，对于家中的老母和妻儿，自是愧疚不已：

> 黄沙迷眼骄风吹，六月奇热如笼炊。
> 午饭无米煮麦粥，沸汤灼人汗簌簌。
> 儿童不解燠与寒，蚁聚喧哗满堂屋。
> 长男挥勺鸣鼎铛，狼藉流饮声桭桭。
> 中男尚无力，携盘觅箸相叫争。
> 小男始学步，翻盆倒盏如饿鹰。
> 弱女踟躇望颜色，老夫感此心茕茕。

——《日中饭》

无米下锅，只好煮麦充饥。

饥肠辘辘的孩子，却早已等不及。

不是挥勺敲碗，就是翻盆倒盏。

只有小女儿，怯生生地站在旁边，眼巴巴地望着锅里。

此情此景，老父亲也只能一声叹息。

贫穷，肉眼可见的贫穷。

五

即便如此，蒲松龄还是从先贤的身上汲取榜样的力量，奋勇向前：

> 苏秦未受封，先受妻嫂辱。大舜未登庸，深山伴麋鹿⋯⋯又闻百里奚，将身自秦鬻。
> 海底神龙不久潜，厩中良马岂长伏？冯谖长铗不须弹，郭隗三台终见寻⋯⋯及第传胪第一名，天下英才始刮目。
> ——《辞馆歌》

苏秦、大舜、百里奚，功成名就之前，哪一个不曾披荆斩棘？

吃点苦算什么！未来的你，一定会感激今天拼命努力的自己。

榜样的力量是无穷的，但不是万能的。

蒲松龄一辈子都在努力，却始终没有机会感激自己。

从弱冠之年，到年逾古稀，清王朝的每一届乡试，他几乎都没有缺席。

但长长的金榜,偏偏没有蒲松龄的立足之地。

有两次,他以为功名触手可及,其实相差十万八千里。

1687年,蒲松龄再次走进考场。出乎意料,这一次的试题,竟然很对胃口。

蒲松龄一时文思泉涌,健笔如飞,结果却过于兴奋,将答题写进了密封线以内,被考官以作弊论处,又一次与中举失之交臂。

这操作,就问你惊不惊喜,刺不刺激!

蒲松龄真是欲哭无泪,心冷魂飞:

> 得意疾书,回头大错,此况何如!觉千飘、冷汗沾衣,一缕魂飞出舍,痛痒全无。痴坐经时总是梦,念当局、从来不讳输。所堪恨者,莺花渐去,灯火仍辜。
>
> 嗒然垂首归去,何以见、江东父老乎?问前身何孽,人已彻骨,天尚含糊。闷里倾樽,愁中对月,欲击碎王家玉唾壶。无聊处,感关情良友,为我歔欷。

——《大圣乐·闱中越幅被黜,蒙毕八兄关情慰藉,感而有作》

得意忘形,终酿大错,实在有负半生挑灯夜读。

功败垂成,无功无名,有何面目再见父老乡亲?

三年后,蒲松龄再次出战。

首场考试,他超常发挥,文章几近完美,考官极为满意。如果不出意外,蒲松龄当年中举,应该没有悬念。

但人算不如天算,第二场考试中,他竟突染风寒,没有写完答卷便匆匆离开考院。

首场第一,总分垫底,蒲松龄再次失利。

风檐寒灯,谯楼短更。呻吟直到天明,伴偃强老兵。
萧条无成,熬场半生。回头自笑蒙腾,将孩儿倒绷。
——《醉太平·庚午秋闱,二场再黜》

昼夜抱病,孤灯伴读到天明。
半生备考,到如今一事无成。
老马失蹄,真是可笑至极!
论成败,人生豪迈,大不了从头再来。
每次落第之后,蒲松龄都会这样自我安慰。

有志者,事竟成,破釜沉舟,百二秦关终属楚。
苦心人,天不负,卧薪尝胆,三千越甲可吞吴。
——《落第自勉联》

即便写出了这样的千古名句,蒲松龄还是改变不了他在科场之上一败到底的命运。

屡考屡败,屡败屡考,这其中的辛酸与煎熬,也只有经历过的人才知道:

蒲松龄

三年复三年,所望尽虚悬。

五夜闻鸡后,死灰复欲然。

——《寄紫庭》

1711年,命运终于出现了一丝转机。

七十一岁的蒲松龄,因为资历够老、年龄够大,勉强通过岁贡选拔,获得一个贡生的头衔。

虽然不能直接授官,但有了这个身份就能享用朝廷的俸银。

而这一天,竟让蒲松龄足足熬了五十余年。

六

出道半生,归来仍是平民。

以世俗的眼光论,蒲松龄是一个失败的读书人。但有没有考取功名,是不是袍笏加身,不应该成为今人评价古人的唯一标准。

从少年时代起,蒲松龄便开始阅读《游侠传》和《太平广记》,且"雅爱搜神,喜人谈鬼",听到一些稀奇古怪的传闻,就会立刻写成小短文。

对志在科举的读书人来说,这明显属于不务正业,尤其所写之事,尽是狐妖怪谈,更是为人所不屑。

许多故交好友都曾善意提醒他:"此后还期俱努力,聊斋且莫竞谈空"。

兄弟,还是考试最重要,千万莫让鬼狐之说影响了八股文的

写作!

但蒲松龄依然执着于小说创作,甚至视其为生命的一部分。最终,他精挑细选了五百来篇,合编为《聊斋志异》。

受时代所限,书中难免有糟粕,但更多的篇幅,蒲松龄都是在借神怪之口,揭露官场黑暗,抨击科举不公,嘲讽世态炎凉,讴歌自由爱情,赞美自主婚姻,劝人为善,提倡以勤为本、以孝为先。

> 写鬼写妖高人一等,刺贪刺虐入木三分。
> ——郭沫若

此外,蒲松龄的写作笔法也有开创之举。

他将人格道德寄托于"异类"之身,狐鬼精魅因此显得平易可亲。至于书中的情节,看似出奇荒诞,却始终不离世道人心。

> 《聊斋志异》独于详尽之外,示以平常,使花妖狐魅,多具人情,和易可亲,忘为异类。
> ——鲁迅《中国小说史略》

从这个意义上说,《聊斋志异》的思想性和艺术价值,当属明清短篇小说的巅峰。

略微有些遗憾的是,当一个书生,将"志怪"和"传奇"的笔法带入科举考场,去完成应试作文,自然也就毫无胜出的可能。

毕竟,不是每一个考官都如施闰章那般开明。

1715年，蒲松龄病逝于淄川故居，享年七十六岁。

穷尽一生也未能金榜题名，他应该很不甘心。

或许，他曾经无数次站在贡院的大门前，仰望过那张榜单，近在咫尺，却又远在天边。

只是数百年过去了，又有谁会记得那些榜单上的姓名？

倒是落榜的蒲松龄与《聊斋志异》一起，名垂千古，流芳百世。

纳兰性德

我是人间惆怅客

我是人间自在客

一

清康熙三年（1664），上元夜。

内务府总管纳兰明珠的家中，华灯璀璨，高朋满座，推杯换盏、行令划拳之声不绝于耳。

酒过三巡之际，突然有人提议："刚刚天有月蚀，不如以此为题，让各家公子一展才艺，如何？"

呵呵，不就是想晒娃嘛，同在天子脚下，都是书香门第，谁怕谁！

果然，话音刚落，全场鼓掌通过。

小少爷们依次上场，一个个摇头晃脑，高声吟诵，不是"时当十分圆，只见一寸明"，就是"虾蟆新食月，金饼曲如钩"。

虽然都是前人的诗句，没有什么原创性，但出于相互捧场的需要，大家依旧报以热情的掌声。

倒数第二个出场的，是纳兰家的长公子，年仅十岁的纳兰性德。

只见他站到客厅中央，面带微笑，四十五度仰望夜空，朗声吟道：

瑶华映阙，烘散蓂墀雪。比拟寻常清景别，第一团圆时节。

影娥忽泛初弦，分辉借与宫莲。七宝修成合璧，重轮岁岁中天。

全场鸦雀无声。

众人都在纳闷：小家伙怎么爱读冷门书，这到底是谁的诗句。

此时，纳兰性德又开口了："晚生不才，一首即兴之作《清平乐》，献丑了！"

原来如此。

家长们在连声叫好的同时，纷纷竖起了大拇指。

还剩下最后一位小少爷。

胖嘟嘟的他急得满脸通红，挣扎了好久，才憋出一句话："不知道说什么好，给大家劈个叉吧。祝各位上元吉祥！"

"哈哈哈哈……"这场晒娃大赛，终于在一阵哄堂大笑声中，愉快地画上了句号。

技惊四座、一举夺魁的，自然就是全场唯一的创作型选手——纳兰性德。

二

1655年，纳兰性德出生于北京。

他的家世，显赫得超乎想象。

纳兰氏，即叶赫那拉氏是当时最有权势的八大姓之一，且与皇室有着复杂且绕口的姻亲关系。

纳兰性德的曾祖父是努尔哈赤的大舅子、皇太极的亲舅舅。母亲是英亲王府的格格。

父亲纳兰明珠，以蓝翎侍卫起家，官至兵部尚书、武英殿大学士，

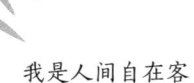

位极人臣,权倾朝野。

毫无疑问,生在这样的家庭,纳兰性德已经赢在了起跑线,"善为诗,在童子已句出惊人",且"善骑射,发无不中",标准的少年英才,文武双全。

他整个青年时代的经历,着实令人震撼:

十七岁,入读国子监,深受祭酒徐元文的赏识,被称"非常人也"。

十八岁,应试顺天府,以渊博的学识和优雅的谈吐,让在场的教授大儒都自叹不如。

十九岁,因患上"寒疾",无缘殿试,便闭门不出,发奋苦读,"益肆力经济之学,熟诵通鉴及古人文辞"。

三年后,学有大成,再次入对殿廷,终获二甲第七名,赐进士出身。

同年,二十二岁的纳兰性德被康熙相中,选为三等贴身侍卫。

康熙是个坐不住的皇帝。

他的足迹,曾遍布海子、沙河、西山,还有东岱、五台和江南。这期间,他有没有带上法印、三德子和小桃红,是不是在巡幸的同时惹上了一堆风流艳事,都无从考证。

但可以肯定的是,纳兰性德一直陪同在侧,跟随左右,还因为多次护驾有功,获赏鞍马、佩刀无数。

到这里为止,纳兰性德的家世、才华和仕途前景,绝对碾轧99.99%的同龄人。

但再耀眼的光环,也掩盖不住他内心的伤痕。

纳兰笔下的文字,便是最有力的证明。

三

> 凤骞龙蟠势作环，浮青不断太行山。
> 九重殿阁葱茏里，一气风云吐纳间。
> 熊虎自当驰道伏，蛟螭长棒御书闲。
> 黄图此日论形胜，惭愧频叨侍从班。
>
> ——《扈驾西山》

天子圣明，海晏河清。

本该成为熊虎、蛟龙，驰骋沙场，指点江山。

却只能列于侍从，备感羞愧。

这是纳兰随侍康熙之时所作。

每次陪同康熙外出，他都会带上弓箭和书卷，白天围猎，夜里读书，"书声与他人鼾声相和"。

纳兰还经常坐在马背上，与天子一起吟诗填词。

对于古往今来的盛乱之治、官员的清浊、风俗的异同，他更是了然于胸、如数家珍。

很显然，他的知识储备，绝不是为了区区一等侍卫：

> 那能寂寞芳菲节，欲话生平。夜已三更。一阕悲歌泪暗零。
> 须知秋叶春花促，点鬓星星。遇酒须倾。莫问千秋万岁名。
>
> ——《采桑子》

大好春日，繁花似锦，心里却是空虚寂寞冷。夜深人静，无处诉衷肠，悲歌一曲，黯然神伤。春去秋来，鬓已微霜。且乐生前一杯酒，何须身后千载名！

纳兰性德喝的不是酒，而是落寞。

他恪尽职守，扈驾多年，品级由三等晋至一等，看似平步青云，实则与他的理想和本性背道而驰。

别人眼中的金阶玉堂、钟鸣鼎食，在他的眼里，几乎一文不值。

才华被湮没，梦想已远去，除了及时行乐，还能做些什么？

四

仕途不顺心，情场更是连番失意。

纳兰性德出身名门，享有绝对的财务自由和社交自由，唯独没有恋爱自由。

少年时，他曾经和表妹相爱。两人情深意浓，海誓山盟。但不久，表妹却被征召入宫。

纳兰的初恋，就这样无疾而终。

他心有不甘，总想着要见上最后一面，再断了想念。

刚好遇上国丧，纳兰便找人打点，买通关卡，披上袈裟，扮成喇嘛的模样，这才进入宫内，见到了表妹。

只是高墙大院，宫禁森严，两人近在咫尺，也只能相顾无言：

飞絮飞花何处是？层冰积雪摧残。疏疏一树五更寒。

爱他明月好，憔悴也相关。

最是繁丝摇落后，转教人忆春山。湔裙梦断续应难。西风多少恨，吹不散眉弯。

——《临江仙·寒柳》

更深露重，积雪压寒枝。飞絮摇落之时，最忆当年女子。好梦易断，断梦难续。

猎猎西风，也吹不散你的禁锢之悲，还有我的相思之苦。

五

好在二十岁时，纳兰性德遇见了卢氏。

卢氏是两广总督卢兴祖的女儿，知书达礼，多才多艺。

两人门当户对，志趣相投，实为天作之合。

新婚之际，纳兰尚在太学读书，经常夜半归宿，三更便要离去，深感良宵苦短，相思无限，"相逢常在二更时""见面消魂去后思"。

"绿衣捧砚催题卷，红袖添香伴读书"，有视若知己的卢氏陪在身旁，纳兰的治学之路有如神助。

不仅如愿金榜题名，还在应试的空隙主持编修了丛书《通志堂经解》和四卷《渌水亭杂识》。

陪着挚爱的人，一起做最爱的事，纳兰和卢氏就如同李清照和赵明诚，琴瑟和谐，幸福安稳。

但遗憾的是，婚后第三年，卢氏因难产离世。

妻子猝然离世,纳兰自是伤心不已。

无论是百日祭、三年祭,还是亡妻的生辰,他都写有不少词令,且"悼亡之吟不少,知己之恨尤深":

近来无限伤心事,谁与话长更?从教分付,绿窗红泪,早雁初莺。

当时领略,而今断送,总负多情。忽疑君到,漆灯风飐,痴数春星。

——《青衫湿·悼亡》

无限伤心事,诉与谁听?

不能共赏美景,白白辜负了这一往情深。

风起的日子,只得痴数点点繁星。

瞬息浮生,薄命如斯,低徊怎忘。记绣榻闲时,并吹红雨;雕阑曲处,同倚斜阳。梦好难留,诗残莫续,赢得更深哭一场。遗容在,只灵飙一转,未许端详。

重寻碧落茫茫。料短发、朝来定有霜。便人间天上,尘缘未断,春花秋叶,触绪还伤。欲结绸缪,翻惊摇落,减尽荀衣昨日香。真无奈,倩声声檐雨,谱出回肠。

——《沁园春》

当初并吹红雨,同倚斜阳,如今却形单影只,伤心断肠。

谁念西风独自凉,萧萧黄叶闭疏窗,沉思往事立残阳。
被酒莫惊春睡重,赌书消得泼茶香,当时只道是寻常。

——《浣溪沙》

酒醉酣睡,赌书泼茶,随性风雅。
这些寻常往事,都已随风而去。
只剩下黄叶、疏窗与残阳,黯然神伤。

六

纳兰性德的生命中还有一个女人不得不提,那就是江南的沈宛。

沈宛是才女,也是名妓,著有《选梦词》传世。

据说纳兰曾收她为妾,并在京城置房安顿。

只是门第差距太大,沈宛可以走进他的内心,却无法走进纳兰家的大门。

这又是一段无疾而终的爱情。

为此,纳兰深感愧疚和不安,曾多次借沈宛之口,说男人的薄情,道自己的负心:

人生若只如初见,何事秋风悲画扇。
等闲变却故人心,却道故人心易变。
骊山语罢清宵半,泪雨霖铃终不怨。
何如薄幸锦衣郎,比翼连枝当日愿。

——《木兰花·拟古决绝词柬友》

最美是初见,人心最善变。华清宫里的山盟海誓,终究抵不过马嵬坡头的白绫三尺。但你的薄幸,比明皇更甚。

至少,他还有过甜蜜的憧憬。

七

从1682年开始,纳兰性德多次跟随康熙上满洲,下江南,其间还奉旨出塞,安抚西域。

正是在风餐露宿、辗转奔波之间,他留下了多篇边塞词,其中最著名的当属这首《长相思》:

> 山一程,水一程,身向榆关那畔行,夜深千帐灯。
> 风一更,雪一更,聒碎乡心梦不成,故园无此声。

山水难行,夜深唯有千帐灯。风雪漫天,万里征夫念故园。

王国维对这首词的评价极高,认为"夜深千帐灯"的意境已经接近于"明月照积雪""长河落日圆"之语。

> "明月照积雪""大江流日夜""中天悬明月""长河落日圆",此种境界,可谓千古壮观。求之于词,唯纳兰容若塞上之作,如《长相思》之"夜深千帐灯",《如梦令》之"万帐穹庐人醉,星影摇摇欲坠"差近之。
>
> ——《人间词话》

出塞归来的纳兰性德收获颇丰,带回了最新版的边疆地图。

康熙大为欢喜,正准备论功行赏,纳兰却一病不起。

皇帝很是挂念,不仅连派多名御医诊断,就连外出避暑的时候还不忘吩咐左右,要随时关注纳兰的消息。

但终究是回天乏力,1685年7月,纳兰性德病逝于京城,时年三十一岁。

八

据说纳兰辞世之时,远在热河的康熙悲痛不已,一再叮嘱回京吊唁的官员,要"重悯其劳""厚抚家人"。

天子和朝廷失去的,是一个忠心耿耿的侍卫和官员。

而大清文坛失去的,则是一个才华横溢的绝代词人。

他的词题材极为广泛,爱情友情、大漠江南、咏史杂感……"以自然之眼观物,以自然之舌言情",体会真切,意蕴深刻。

晚清的况周颐称他为"国初第一词手",王国维则认为"北宋以来,一人而已"。

不仅如此,纳兰性德主编的《通志堂经解》,是清朝第一部阐释儒家经义的大型丛书,收录自先秦以来的经解138种,自撰2种,共计1800卷。

此书一经问世,便广受欢迎。从内阁武英殿的高官,到街坊书店的寒士,都争相传阅。尤其是乾隆,更是认为此书"荟萃诸家,典瞻赅博,实足以表彰六经"。

至于《渌水亭杂识》，则囊括国政、吏治、天文、地理，甚至还有佛学与音乐等内容，堪称百科全书。

遗憾的是，纳兰性德虽然满腔豪情、满腹才情，却终究未能做到"功名垂钟鼎，丹青图麒麟"。

仕途受阻、情路坎坷的纳兰性德，留给后世的，只有一个惆怅且孤独的身影：

残雪凝辉冷画屏，落梅横笛已三更，更无人处月胧明。
我是人间惆怅客，知君何事泪纵横，断肠声里忆平生。

——《浣溪沙》

袁枚

是真名士自风流

一

白日不到处,青春恰自来。
苔花如米小,也学牡丹开。

——《苔》

就算没有阳光,也会迎风怒放。哪怕小如米粒,也要与牡丹一较高低。

这首正能量满满的小诗,作者是袁枚,清朝的文学大家,著作如山,名满天下,"五侯为之倾倒,走卒识其姓名,文采风流,论者推为昭代第一人"。

但也有人说他"通天老狐,醉辄露尾",寻花问柳,伤风败俗,粗恶颓放,淫秽浪荡……

什么,袁枚的人品会如此之差?这究竟是道德的沦丧,还是人性的扭曲,请关注本期《走近大清》之多面袁枚。

二

1716年,袁枚出生于浙江钱塘县,祖辈和父辈都只是州府的低等幕僚,卑微劳碌,贫困潦倒。

袁 枚

好在这样的家庭从未丢弃过书本。良好的家风家教,让袁枚"幼有异禀",且"爱书如爱命"。

正如他在《黄生借书说》中所言:

> 余幼好书,家贫难致。有张氏藏书甚富。往借,不与,归而形诸梦。其切如是。故有所览辄省记。

得来越不易,才会越珍惜。幼时的袁枚,连梦中都是借书、读书的场景。

七八岁时,别人家的孩子只知道光头强和蜡笔小新,袁枚却能熟读四书,倒背五经。

十二岁时,他正和同村的小伙伴骑着竹马嬉戏玩耍,私塾老师突然跑过来,兴冲冲地告诉他:"袁枚,你考上秀才啦!"瞬间惊掉了邻居的下巴。

二十岁出头,袁枚连中举人和进士,任职翰林院庶吉士。

明明是少年及第,春风得意,他却在朋友圈里忆苦思昔:"一日姓名京兆举,十年涕泪桂花知""我愧牧之名第五,也随太史看祥云"。

只不过接下来的事,倒真让他备受委屈了。

清朝有个"霸王条款",庶吉士只是临时职务,必须学习满文,考核合格后方可"转正"。

三年任职期满,朝廷举办"散馆"考试,袁枚却因"未娴清书",被判为下等,外放出京。

于是，从1742年开始，袁枚便在溧水、沭阳等地连续做了七年知县。

为官期间，袁枚清廉公正，"敏而能断"，很得人心。

离任溧水时，当地百姓缝"万民衣"，自发送行，"一路壶浆擎父老，万家儿女绣衣裳"。

改任江宁时，沭阳的百姓给了袁枚高规格的待遇，"五步一杯酒，十步一折柳。使君乘车行，吏民攀车走"。

四十年后，已是古稀之年的袁枚重回沭阳，妇孺老幼，竟出城三十余里，夹道欢迎，官民鱼水之情，感动你我，感动天地，感动得袁枚老泪纵横，感慨横生："居官而不能忘其地者，其地之人，亦不能忘之也。"

按照这个节奏，袁枚极有可能比肩包拯和于谦，名垂青史，万古流传。

但彼时身处官场，要想站稳脚跟，继而平步青云，不能仅靠政绩和民心，还得遵守繁文缛节，学会溜须奉迎。

这让天性自由、随性放达的袁枚很不适应，"书衔笔惯字难小，学跪膝忙时有声"，久而久之，便心生倦意，"不以吏能自喜"。终于在1749年，袁枚以父丧守孝为由，辞去了官职，离开了官场。

三

乾隆十三年（1748），还在江宁任上的袁枚，用三百两纹银，买下了一座荒废的园林。

这个园子可不一般，它是曹寅（曹雪芹祖父）的私家园林，也是《红楼梦》里大观园的原型。

身处黄金地段，极具文化气息，这样一块宝地，建成收费景点，或是开发高档楼盘，一定会赚得盆满钵满。

同僚都将羡慕的眼光，投向了未来的地产大佬。袁枚却微微一笑："不不不，你们的想法太落伍。我既不收钱，也不卖楼，还要免费开放，谁都可以进来闲逛。"

毫无疑问，这是一个让父母沉默妻子流泪市民拍腿的决定。

众人一脸蒙，袁枚的脸上却露出了笑意。

他拿出全部积蓄，对废园进行了全面改造，"随其丰杀繁瘠，就势取景"，并将其改名为"随园"。

新建后的随园，大门敞开，围墙全拆，池沼楼台，奇峰怪石，外加各种古玩器具和海量藏书，"为大江南北富贵人家所未有也"，一时间，前来游玩的人比肩接踵，络绎不绝。

这就有了流量，流量必会带来收益。

袁枚马上邀请数十户百姓，在园中养殖花卉，种植蔬菜，主打纯天然、无污染的招牌，现场贩卖，然后再按照种类和摊位，挨户收取管理费。

这经营模式，是不是很熟悉？

成为自由撰稿人之后，袁枚的名气越来越大，卖文的收入也随之增加，有时一篇碑文，竟能要价万两黄金。

此外，他还写书卖书，文学类《随园诗话》、美食类《随园食

单》、悬疑类《子不语》都极为畅销,长期霸占各大榜单之首,"上自朝廷公卿,下至市井负贩,皆知贵重之",甚至琉球、高丽等地都有读者慕名前来。

毫无疑问,这一大批文学类的精准粉丝又成了一股新的流量,袁枚迅速抓住商机,开办各种速成班、提高班,还有论坛,谈文学,讲创作,顺便推广他的"性灵说",强调文学创作一定要忠于内心,写出真性情。

就这样,以免费旅游为诱饵,吸引客流,积聚人气,然后收租、卖书,再加上知识付费、开发周边,辞职后的袁枚一下子就实现了财务自由。

四

"来啊,快活啊,反正有,大把时光;来啊,造作啊,反正有,大把银两……"

袁枚哼着小曲,跳着舞步,愉快地开启了后半生,"壮岁归隐,享园林之乐,极声色之娱"。

袁枚好色,尽人皆知,他自己也从不避讳,就连微信签名都写得十分直白:袁子才,性别男,爱好女。

扬州的一位朋友犯了官司,邀请袁枚前去帮忙。

第一次,袁枚回答:"随园开张,忙。"

第二次,袁枚敷衍:"身体欠佳,累。"

第三次,朋友表示,身边有绝色女子,可纳为侍妾,袁枚心急如焚:"事不宜迟,速备船只!"

瞧见没，这变脸的速度，深得川剧精髓啊。

袁枚四十岁时，已有姬妾十余人，仍然思春不止，到处留情。

这天，他正在刷朋友圈，又看到一张美女照片，打听好了住址，第二天便乘船而下，登门造访。

等见到了真人，却大呼"美颜骗死人"，原来那女子容貌尚可，肤色却欠佳。

袁枚扫兴而归，行至苏州，又心生悔意，原地掉头。但一往一返，耽误了不少时间，袁枚再次登门，女子已另嫁他人。

得不到的永远在骚动，被偏爱的有恃无恐。这位女子，便成了袁枚心里永远的痛："珠落掌中偏不取，花看人采方知惜。"

身为随园主人，又极负才名，中年以后的袁枚酒桌应酬自然很多，但每逢歌姬佐酒，他却正襟危坐，视美女如空气流过。

这不是袁枚的风格啊！朋友大为不解，刚要关心他，袁枚连忙截住话头，"真替你们着急。寻花问柳，关键在于'寻'和'问'。路边杨柳墙头花，任人攀折，有什么情趣可言？自助餐能吃撑的人，那都是愣头青！"

这番高论，一下子就震住了满座嘉宾。

好吃的袁枚还给后人留下了珍贵的遗产，那就是他的《随园食单》，记有326种南北菜肴饭点，为美食家必读之书。

吃货看到此处，请自觉为袁枚点个赞。

晚年的袁枚又爱上了游山玩水。自六十七岁起，庐山、黄山、武夷山都留下了他的足迹，"倘非广见博闻，总觉光阴虚度""公然一万三千里，听水听风笑到家"。

五

1798 年,袁枚病逝,享年八十二岁。

去世后,他留下了园林一座,姬妾数人,诗文百卷,藏书过万,还有良田百顷,余银两万……

随园是喧嚣的,袁枚是富足的,这一切,都是他凭借才华和智慧所得。但身后,关于他的各种非议不绝于耳:

> 斯乃人首畜鸣,人可戮而书可焚矣。
>
> ——清·章学诚
>
> 倡魔道妖言,以溃诗教之防。
>
> ——清·朱庭珍

他的弟子,甚至在他死后,将刻有"随园门下士"的印鉴,改成了"悔作随园门下士"……

袁枚是谦谦君子,还是奸邪小人,这种争议或许还会持续,但已无太大意义。

自古以来,文品不一定等同于人品,比如秦桧、赵高,比如元稹、宋之问。

更何况,袁枚本就对身外之名,看得云淡风轻。

他最鄙视的,就是沽名钓誉、欺世惑众之辈,在他看来,"伪名儒不如真名妓"(《答杨笠湖》),真实才是做人的底线。

也正因如此,袁枚的一生,才会随心随性,精彩绝伦。